U0071088

日常之歌

陳建成——著

自序
以戲劇重新感知世界

這本劇本集收錄了我在 2013 年至 2019 年之間書寫的劇本：〈日常之歌〉、〈解〉、〈在世紀末不可能發生的事〉與〈解離〉。這些劇本都曾收錄在文學獎作品集以及劇本農場劇本選當中，出版之後，這些劇本也都曾實際演出，而無論是在排練過程當中，或是到演出過後，我都會對劇本持續審視並加以修改，因此，此次收錄的劇本內容會與之前出版過的內容有所差異，是經過排練與演出的過程修改而成的最新版本。

〈日常之歌〉完成於 2013 年底，創作源起於 2011 年日本三一一大地震與福島核災事故之後，我所看見的相關新聞。引起我關注的新聞是「福島差別」現象，也就是在災後，到日本其他地方生活的福島人遭受歧視的現象，而這樣的歧視也影響了受歧視者的學業、工作與婚姻等。寫作當初，是讀到某則新聞中記載了一名女子因為核災與歧視而與未婚夫終止結婚計畫，不知為何，相較於宏觀的報導，這樣的新聞卻給我更深刻的印象，也成為〈日常之歌〉內容的原型。在劇本的書寫階段，我讓自己放慢與放大對於日常細節的感知，重新關注那些習以為常的細節，並思考那些細節，或者細節與細節之間的空白，所反映出來的生命樣態，並以此回應我自己所設想的「後災難」的命題。

〈解〉則是從 2013 年開始構思，恰好 2013 年下半年受到阮劇團的邀請，加入了王友輝老師主持的「劇本農場」計畫，於是在計畫期間發展劇本，並在 2014 年 9 月完成。劇本的最初發想，是來自 2012 年發生在臺南的曾文欽隨機殺人案，在閱讀新聞時，讓我注意到的細節是犯案者的年紀與我相仿，因此讓我產生各種聯想，也促使我想進一步理解隨機殺人的現象。在尋找資料的過程中，讀到發生在 2008 年日本秋葉原的隨機殺人事件，犯案者加藤智大不僅就此事件寫下了自己的看法，也有書籍記錄下了加藤智大的人生軌跡，在閱讀相關資料試圖理解此事件時，我並未帶著任何預設想法，因此，創作本身更像是一種探索未知的過程。過程中，最令我印象深刻的是「語言」對犯案者的意義，以及各種語言所折射出的社會經濟結構乃至個人欲望，也因此〈解〉的構劇邏輯便是圍繞著「語言」如何被使用而展開。換言之，這個劇本並不企圖去對何以產生隨機殺人現象給出完整解答，而是透過對於個案的凝視，與我未曾想像過的世界觀相遇，繼而以戲劇的形式呈現。

〈在世紀末不可能完成的事〉的構思與部分寫作，於 2014 至 2017 年在英國進行博士研究時進行，因為部分資料須在臺灣確認，劇本於 2017 下半年回到臺灣之後完稿。2014 年赴英前的三一八學運，讓我開始意識與反思許多過去未曾想過的事物，這樣的意識與反思作為一種過程，就成為〈在世紀末不可能完成的事〉此一劇本在結構與時空設定上的起點。儘管此一劇本可以連結到「白色恐怖」，但是劇本並不企圖去再現特定事件，而是從身處二十世紀末的年輕情侶出發，去書寫歷史的遺忘與壓抑，以及遺忘與壓抑之物如何在意想不到的時間點復返回日常。這樣的感知結構與方式，既是當時的我感知歷史的方式，也同時為此劇本的結構。

〈解離〉也是在英國留學期間發想，2016 年受到新疆集中營新聞報導的觸發，開始了解政治暴力的相關資訊，作品則完成於 2019 年。同年，香港發生了反送中運動，劇本中並沒有太多對此運動的直接指涉，但是當時出現的「今日香港，明日臺灣」此一說法，卻與我在構思此劇本所設想的時空情感邏輯類似。我自覺並無法去直接書寫遠方所發生的事物，因此，劇本中把極權想像與當代臺北並置，讓劇中人物擺盪在現實的此時此地與想像的彼時他方之間，雖然單一的「現實」更難捕捉，但是卻彷彿開啟了多重的中介通道，讓詮釋的可能性更加開放。換言之，此劇本並非關於單一事件，而是描繪政治暴力下的情感樣貌、自我與他人關係的裂解與重塑，乃至行動的可能。

法國劇場學者費哈（Josette Féral）曾經把「劇場性」（theatricality）定義為「一種將觀看者與被觀看之人或物連結起來的感知動力結果」：透過觀看，觀看者創造了一個屬於觀看的另類空間，不再受限於日常規律的宰制，在此空間當中，銘刻著觀看者的感知內容。儘管費哈所企圖定義的是劇場性，而不涉及劇場文本，但是，順著費哈的說法，讓我聯想到，我作為劇場文本的創作者，也是對於現實的觀看者，並將此「銘刻著觀看者的感知內容的空間」轉為文本空間，此一空間是此時此地與彼時他方的交會中介之地，也是劇本文本潛在的構成邏輯。若改寫費哈對於劇場性的定義，則可以說，劇本的文本性（textuality）可能是一種「將書寫者與被書寫者連結起來的感知動力結果」，儘管劇本是一種結果，但更重要的是連結與感知的過程，這個過程是由各種現實、想像、觀點、感覺等異質碎片，透過一種感知結構進行集結，讓碎片之間彼此透過統整、拼貼、矛盾、取消、重複、改寫等方式產生關係，而這正也是「感知動力」的運作所在。

感知動力的運作是一個過程，回想這四個劇本的創作狀態，我在書寫之初並不知道我要寫些什麼，而是保持一種懸置的態度，在這個過程中去理解各種片段與細節的內涵與狀態，持續保持距離去審視自己的覺察方式，並進行判斷，透過戲劇作為中介空間，重新感知世界。

目次
Contents

日常之歌

人物

時芬：女，30 歲。

子青：男，30 歲。

母親：60 歲。時芬母親。

舞臺

一間家屋。

第一場

（母親與時芬在客廳準備祭拜父親用的水果等祭品。）

母親：（想起什麼似地）我們都是有福報的人。

（沉默。）

母親：過去妳爸爸常說，我們都是有福報的人。

（沉默。）

時芬：妳怎麼準備了那麼多木瓜？
母親：（自語地）而且他也一直相信他做的事情是對的。
時芬：我一直以為他喜歡的是香瓜。
母親：他喜歡吃木瓜。
時芬：他以前都只切香瓜。
母親：因為妳喜歡吃他才——
時芬：我沒有特別喜歡吃。
母親：那妳幹嘛每次都——
時芬：都切了，不吃完的話就——

（沉默。）

母親：到今天就整整一年。

（沉默。）

時芬：好安靜。

（沉默，兩人陷入沉思，似乎想到一樣的事情而笑了出來。）

母親：（突然興奮地）每天早上啊——他一定都要放那個交響樂來當背景音樂，我到現在想起來還是覺得很討厭，一定就是要把我吵醒就對了。妳還記得他最喜歡放的那首曲子嗎，很俗的那個——

時芬：我以為妳也喜歡。

母親：他老是說早上就是要有精神——

時芬：（笑）妳還記得這種鬼話！

（沉默。）

母親：他一直都是那麼有精神。

時芬：感覺好奇怪。（頓）這一切都好奇怪，兩年多前發生了那件事，然後一年前他去世了，然後……一年過後，我才知道原來他喜歡的是木瓜，而不是香瓜。

母親：我有跟妳說過嗎？那個夢。

時芬：哪個夢？

母親：妳爸爸那個。

時芬：（笑）那有很多欸，我都快分不清哪個是哪個了。

母親：我前陣子夢見他，看到他往情況最嚴重的地方走過去，夢裡面，輻射的警報器一直響，然後他嘴巴在喃喃自語，但是我卻什麼都聽不清楚。

時芬：（笑）之前他對這件事也是什麼話都不說，沒想到連在夢裡也是這樣。

（沉默。）

時芬：當時情況都還不清楚，他就說他要回去。（苦笑）難道是因為薪水比較多嗎？

母親：那也不是他自己的決定，就只是因為工作——

時芬：工作——其實感覺我跟——爸好不熟，我都不知道他在想什麼。

母親：想那麼多幹嘛——他不是會想很多的人，上面叫他做什麼，他就覺得不會錯——

（沉默。）

時芬：（拿起木瓜）我想先去切一個，應該可以吧。

（時芬離場去切木瓜，不久後回來。）

時芬：妳身體有好一點了嗎？
母親：還不是那樣。
時芬：妳之前不是說腰都會不舒服。
母親：最近比較好了。

（時芬吃起木瓜。）

時芬：欸，這個好好吃。
母親：菜市場買的。
時芬：不知道以前那個開貨車賣菜的怎麼了，他賣的芭樂真的也很好吃。
母親：他賣的魚才厲害。
時芬：不行，妳讓我想起之前隔壁的那家滷肉飯了——（笑）停，我不能再想了。這附近都沒有好吃的滷肉飯嗎？
母親：要找找看，還不是妳自己都不出門——
時芬：噢——對啊，當宅女。
母親：有空就多出去走走。

（時芬繼續吃木瓜。）

時芬：買木瓜果然是對的。（頓）我決定以後要開始吃木瓜了，還有妳，要定期去醫院作檢查。然後——我要定期去找好吃的滷肉飯，就這樣。
母親：那妳的減肥計畫呢？
時芬：我看開了。（頓）反正——人生有比減肥更重要的事。

母親：最後一口讓我吃。（接過最後一口木瓜）
時芬：我們這樣先吃，爸應該不會生氣吧。
母親：不會吧，妳看他有哪次有生過氣——

（沉默。）

時芬：如果他原本就知道後來身體會變成那樣，他還會想要回去嗎？
母親：畢竟都在那邊工作那麼久了——
時芬：那個時候，也只有他在裡面待那麼久，明明別人都不想回去——媽，爸都沒有抱怨嗎？（頓）他真的什麼話都沒有說嗎？
母親：（喃喃自語）畢竟他都待了那麼久——
時芬：在醫院到最後還被包成那樣，像木乃伊。
母親：（笑）什麼木乃伊？
時芬：本來就是，超像的。

（時芬把吃剩的木瓜皮收走，離場。母親四處走動，發現地板上多了許多毛髮，她開始蹲下來撿頭髮。時芬回來，她一時無法意會母親在做的事情。她看著母親不發一語。）

時芬：用掃的比較快。
母親：怎麼會有這麼多？
時芬：不是一直都有嗎？
母親：比以前多。

時芬：用掃的比較快，我去拿掃把。

（沉默，母親繼續撿頭髮。）

時芬：可能是我之前把吹風機拿到這裡吹才——

（沉默。）

時芬：我去拿掃把，真的比較快。
母親：（起身）撿完了。（頓）用手撿就夠了。

（母親離場。時芬一人在場上，她甩了甩頭髮，確認地上沒有頭髮掉落，又甩了一次，一邊整理頭髮，同時若有所思。）

第二場

（時芬與子青在客廳。）

時芬：不知道為什麼，現在我覺得大部分的工作都有點可怕。

子青：翻譯就不可怕嗎？

時芬：相較之下還好。（頓）不過，這樣子的狀態居然也已經一年了。（頓）一開始因為有很多事情要處理，所以就把工作給辭了。忙完之後，可能就是因為沒工作，我發現自己有陣子不太快樂。所以理論上我應該要去找工作，但是我又不是真的想。（頓）很矛盾吧？

子青：也不能這樣下去吧。

時芬：所以我才開始接翻譯啊。

子青：那也不穩定。妳不是經常抱怨稿子每次都被大修？

時芬：不覺得這樣才好嗎？要是每次交出去都完美無缺，那這樣負責審稿的人豈不是要失業了？

子青：（笑）大歪理。

時芬：是你說工作很重要，所以我是在幫他們。

（兩人笑。）

子青：說到工作，這陣子來店裡的客人跟以前都不太一樣了。多了很多小孩子跟爸爸媽媽，以前音樂餐廳根本就不會有這麼多家庭聚會。

時芬：小孩子很煩人吧？

子青：其實還好。只是有些會吵著要彈鋼琴。

時芬：結果呢？

子青：就陪他們一起玩啊。

時芬：這不是你吧，以前你不是說客人少你就不彈，還會跑出去抽個半小時菸什麼的。（頓）你是哪根筋斷掉？

子青：妳不覺得小朋友很可愛嗎？小朋友啊。

時芬：你想說什麼啊？

子青：沒什麼。

（子青不經意露出疲態。）

時芬：想睡啦？

子青：被發現了。

時芬：沒喝咖啡？

子青：不能再喝了，之前才心悸一個禮拜。

時芬：誰叫你要一天連續喝五杯咖啡，今天第一杯應該不至於吧。

（時芬離場，傳來沖泡咖啡的聲音。不久後傳來杯子摔落地面破碎的聲音。子青想要做些什麼，隨即又裝作沒有事情發生。時芬從裡面端著咖啡出，她的手指纏繞著小繃帶。）

子青：我最近在電視上看到一則新聞，說在加拿大有一個女的想要安樂死，因為她覺得自己已經失去了大部分的生活能力，但是她的情況又不完全符合規定，為了這件事情還鬧上法院。

時芬：結果呢？

子青：法官後來特許她可以安樂死，但是要在一定的期限內執行完畢。

（沉默。）

時芬：不知道明天天氣會怎麼樣，如果是雨天就好了，真是不想出門。人的心態真的很奇怪，天氣好不出門居然還會有罪惡感，如果下雨就不會有這個問題了——

子青：這個咖啡還不錯。

時芬：之前同事從印尼旅行帶回來的。

子青：文化局的同事？

時芬：（同意地）嗯。爪哇來的，連我自己都還沒喝過。

（沉默。）

子青：小芬，妳有考慮回去工作嗎？

時芬：我不知道。

子青：妳同事人很不錯。

時芬：有幾個。

（沉默。）

子青：妳覺得人可以決定自己要不要死嗎？

時芬：你還在說剛剛那個新聞？

子青：妳有陣子不是還很正經地在跟我討論為什麼沒有合法的自殺管道嗎？

時芬：我現在不想討論這個話題。（笑）你真的很有趣，之前自己不感興趣的東西現在還主動提起。（頓）說到電視，之前我在電視上看到一個黑龍江沿岸民族的紀錄片，我看完之後覺得很奇妙，明明是生活在同一個地球上，但是他們好像完全沒有我們會有的煩惱，你會覺得這些東西就跟泡沫一樣，什麼經濟啊環境什麼的，好像是外星人才會關心的東西。雖然會有個念頭說，把自己丟去那裡好了，但是想到應該活不過三天就立刻放棄。

子青：還是當電視兒童比較實在。

時芬：（字正腔圓）coach potato，我們兩個。

（兩人笑。）

時芬：然後，對了，那個——（頓）你可以再買一個杯子給我嗎？剛剛我不小心把你之前送的那個摔破了——

（時芬把咖啡杯收回，下場。母親提著一袋木瓜上場。）

母親：欸——阿青——

子青：欸，伯母——

（子青接過那一袋木瓜。）

母親：噢——對——之前其實我有路過你工作那邊幾次，裡面看起來好熱鬧。本來有想進去跟你打聲招呼，但是覺得一個人進去怪怪的，就沒有進去了。

子青：哪會，下次可以跟小芬一起來。

母親：有啊，我跟她說過幾次，結果她都好像裝沒聽到——

（時芬上場。）

母親：妳的手怎麼了？

時芬：剛剛不小心被東西劃到，沒什麼。

子青：伯母剛說妳們好像還沒一起來我那邊過。

時芬：（對母親）妳怎麼又買那麼多東西回來，才兩個人不用買那麼多。

母親：又沒關係，反正冰在冰箱又不會壞。剛好今天阿青也有來，也可以讓他帶一些回去。

子青：沒關係不用——

時芬：你就帶幾個回去好了。我看你平常八成也沒在吃水果。

（沉默。）

母親：（注意到什麼似地）有油漆的味道。

時芬：什麼？

母親：油漆。（頓）我剛剛回來就聞到了。

子青：會不會是附近有人在粉刷什麼東西？

（沉默，子青出門察看。）

母親：好討厭的味道，臭死了。

時芬：過一陣子就沒了啦。

母親：我對這種東西很敏感。

時芬：我什麼都沒聞到，真的沒有。

母親：臭死了，真的。

時芬：我不喜歡妳這樣抱怨。像之前也是，明明隔壁就沒有出聲音，妳就一直說隔壁很吵。這次就算有什麼味道傳過來好了，也沒什麼好一直講的。

（沉默，子青回來。）

時芬：怎麼樣？

子青：（略帶遲疑）應該是隔壁吧。（頓）我們都沒聞到，伯母妳鼻子也太靈了。

（母親分了一些木瓜到另一個塑膠袋，拿給子青。）

時芬：（對母親）真的聞到的話，先進房間就沒味道了。

（母親帶著其他水果離開客廳。）

子青：妳剛剛跟妳媽怎麼了？
時芬：沒事。
子青：妳是不是自己也有聞到？
時芬：但是我不知道為什麼會——
子青：所以妳也注意到了嗎？
時芬：我知道。
子青：妳知道——那些圖案——還有那些文字——是什麼意思？

（沉默。）

時芬：我沒有想到會再看到這些東西——我會找時間　再看要怎麼辦。

（子青若有所思地看著時芬。）

第三場

（場上傳來母親嘔吐的聲音，隨之而來的是一陣咳嗽。母親端了一杯熱水上場。她隨手調整了絨毛熊玩偶的位置。她喝了口熱水，並乾咳了幾聲，同時確認嘔吐感是否已經消退。她隨手抓了張報紙讀了起來。時芬上場，她坐在母親旁邊，讀著另一份報紙。母親不知道讀到了什麼報導，壓抑不住地直笑出聲。）

時芬：妳在讀什麼這麼好笑？（拿起母親讀的報紙）上禮拜的報紙還放到現在，也該回收了。

（時芬把報紙還給母親，同時整理桌上的報紙。）

時芬：（注意到熊玩偶）這隻熊我好像沒看過。

（母親繼續讀著報紙。）

時芬：怎麼會有這隻熊？
母親：什麼熊？（頓）喔，夾娃娃夾到的。
時芬：（興味盎然地）妳夾了幾次？
母親：兩、三次吧。

時芬：（驚訝地）那麼厲害。

（母親笑了笑，又乾咳了幾聲。）

時芬：妳到底收集了幾隻熊啊——感覺家裡的熊越來越多了。

（母親微笑不語。）

母親：最近妳有去阿青家嗎？（頓）我看前一陣子他父母不是還會跟妳聯絡嗎？

時芬：（拿起另一隻熊玩偶，對它親來親去）為什麼熊這麼可愛，表情怎麼看都看不膩欸。（對著熊）你為什麼可以這麼可愛？動物的表情真的都很療癒。（頓）就連玩偶也不例外。

母親：妳偶爾也應該主動跟對方聯絡啊，我看妳好像都——

時芬：要是可以只跟玩偶相處的話就好了。

（沉默。）

時芬：不過如果沒事刻意聯絡不是也很奇怪嗎？

母親：總是要經營，不管是哪種關係。

時芬：（笑）那我跟阿青是哪種關係呢？

母親：欸——要不是發生那件事，你們可能早就結婚了還是什麼的。

時芬：（笑）我什麼時候說過要結婚了？

母親：我不是要給妳壓力，只是——

時芬：只是什麼？

母親：換個角度想，對方可能以為妳有什麼事情才刻意冷落他們。

時芬：阿青自己也很少回家。

母親：你們可以一起回去啊——

（母親忽然感到一陣噁心，她急忙離開客廳。傳來嘔吐聲，時芬一時不知該作何反應，她進去確認母親狀況。不久兩人回到場上。）

時芬：我之前就說妳應該要給醫生看看。

（母親因為不適，暫時無法說話。）

時芬：早點休息比較好。

（母親深呼吸了幾下，恢復神色。）

母親：房間外面的車子聲音好吵，吵得我都睡不著。想睡睡不著真的好難過。我們以後有機會的話，就搬到遠一點的地方怎麼樣？比較安靜。靠近山的地方，妳跟妳爸爸不是最喜歡在山裡面散步嗎？以前爬山的時候你們都爬得好快。（頓）結果我上次夢到他的時候，反而是我走在前面，他在後面跟不上我，但是很奇怪喔，我還是跟他說：「欸——不要走那麼快，我快要走不動了——」

（沉默。）

時芬：不奇怪就不是夢了。（頓）我會幫妳預約醫院的時間。

（母親回房休息。時芬在場上拿起玩具熊，對著它發呆了一陣子，她最後撥了通電話。）

時芬：你睡了嗎？沒把你吵醒吧？（頓）嗯，其實也沒有什麼事情。忽然想說，你最近有回家嗎？（頓）幹嘛不回去呀，你爸媽應該很想你吧。（頓）嗯，你說塗鴉？我已經處理掉了，等你一起來用不知道要等多久——（頓）還是不知道是誰啊，難道要調閱監視器嗎？警察八成覺得我們在大驚小怪。（頓）也只能這樣了。（較長的停頓）我最近不是有說過——我媽的身體情況，我在想還是要面對這件事——（頓）不知道為什麼，總覺得她好像也越來越活在自己的世界裡，總是三不五時作夢，還常常說到以前的事情——（頓）嗯，我知道。（頓）先這樣。

第四場

（子青與時芬在客廳。他們正聽著一首爵士風格的音樂。兩人只是聽著音樂，沉默良久。時芬把音樂關掉。）

時芬：你剛剛提到的那個東西，真的可行嗎？
子青：我確認過了，只要有醫生開證明就沒問題。
時芬：幸虧你有提醒我。

（沉默。）

時芬：（想到什麼似地）你是在等我的評語嗎？噢，很棒啊，有人找你合作，是一個好的開始，你不是一直很想做自己的音樂？（頓）還滿好聽的，說真的。
子青：其實那天的狀態沒有很好——
時芬：我是一般人啊，哪會聽得出來？
子青：高興一點，幹嘛板著一副臉？

（時芬微笑。）

時芬：所以——真的可以？
子青：我確認過了。他們規定一定年紀的人如果要保險的話，就要先確認健康狀態。

時芬：幸虧這方面你知道得比我多。

子青：放輕鬆一點，不要一直想那麼多。

時芬：結果會怎樣都還不知道。

（時芬看向窗外。）

子青：妳媽回來了？

時芬：（表示否定）你應該知道我們家隔壁養的那隻狗。

子青：小莉？

時芬：嗯，我在看牠過馬路。牠很厲害，會看紅綠燈。牠還有一個兒子叫做小黑。沒想到牠居然不會看紅綠燈，好幾次在路中間差點被車撞到。後來我就看到小莉帶著小黑一起過馬路。

子青：所以現在是牠們兩個？

時芬：只有小莉，我說了。

子青：（略顯尷尬地）喔，聽起來是個溫馨的故事。

時芬：我也覺得很溫馨，所以後來我觀察了幾次，然後才發現自己誤會了。牠們只是剛好一起在馬路上，小莉總是可以順利地過馬路，小黑卻還是常常差一點被車撞到。

（沉默。）

子青：牠遲早會學會的。

（沉默。）

時芬：我最近在幫一個展覽翻譯資料。有一幅畫的說明是：「畫裡面有一個小男孩，他把一個裝滿水果的籃子遞給另外一個女人——或許是他的媽媽。然後有一扇敞開的門，把視線引導到遠方，穿過小孩子，穿過街道，穿過運河，一直通到另外一個房子的室內。」

子青：妳在沒工作的時候幹嘛還想著工作的事情？

時芬：跟工作沒關係，我只是在想那幅畫。你不覺得很可怕嗎？通到另一個房子的室內？

子青：我們上次一起出去是什麼時候？

時芬：幹嘛——你想到什麼——

子青：我說，我們應該找個時間出去透透氣。

（時芬表示同意，但未作聲，她仍看著窗外。）

子青：（開玩笑地）小莉還在過馬路嗎？

時芬：什麼？

子青：小莉還在過馬路嗎？還是小黑？

時芬：我在想媽怎麼還沒回來——預約好的時間到現在已經超過三個小時，應該也差不多了——

子青：現在醫院不會這麼快，加上——可能那個醫生很認真——而且不是還要申請那個嗎——

時芬：噢——對——（頓）我跟你說一個有趣的消息。

子青：什麼有趣的消息？

時芬：前幾年夏天的時候，我會到頂樓陽臺去曬太陽。（頓）就是幾乎裸體，躺在陽臺上面。然後啊，有一次我發現，隔壁的先生開始帶著一種很特別的眼神看著我——

子青：噢，然後呢？那有趣的消息是——

時芬：有趣的消息是——最近，我發現隔壁的先生好像也開始用一種特別的眼神看著我。

（沉默。）

子青：妳會不會想太多——而且妳住的地方也跟以前不一樣了。何況隔壁的先生——也是住不一樣的人——妳該不會妳要說妳發現隔壁住的人跟以前一樣——

時芬：是不一樣的人。

子青：所以我說是妳自己——

時芬：所以我說是個有趣的消息。他看到我的眼神——就從這個窗戶看出去——穿過路樹，馬路，電線，另一個窗戶——看到一種很特別的眼神正在看著你，就像是——你衣不蔽體地站在大庭廣眾之下——或者是，有人看穿了你不為人知的一面——但是你卻絲毫也沒有察覺——事情剛發生的時候我不是就說——你會覺得自己哪裡怪怪的——

子青：我們後來不是討論過——

時芬：我知道，是我自己的問題。

（沉默。時芬再次打開音樂。過一陣子，時芬笑了出來。）

子青：（關上音樂）有什麼感想了嗎？

時芬：音樂真好。（頓）你讓我想到之前在新聞上看到的一則報導。說是網路上有一段影片，一個媽媽唱歌給嬰兒聽，結果那個嬰兒居然感動得哭了。

子青：妳又沒哭。

時芬：不是，重點是那個嬰兒，他那麼小居然感覺得到。

子青：現在新聞怎麼都報這種沒營養的東西。

時芬：欸——你不覺得很溫馨嗎？

子青：（隨手拿起報紙）隨便一個新聞都比較真實一點。「最毒婦人心——母親親手掐死畸形兒未遂」。

時芬：（注意到什麼似地）畸形兒？

（時芬拿起報紙讀了一下，刻意收起來。母親進場。）

時芬：結果怎麼樣？

母親：沒怎麼樣。

子青：沒特別說什麼嗎，醫生——

母親：欸——你們預約檢查的時候沒有發現嗎？那個醫生我們之前就認識了。

時芬：妳說誰？

母親：就是爸爸之前那個。

子青：我預約的時候沒特別注意——

時芬：你又不認識他——

母親：那個時候送他的禮物他居然還放在診療室裡面。

時芬：喔，妳說那隻熊？

母親：綠色那隻，很像西瓜那個。

時芬：我知道，基因突變那隻。我都快忘記這件事了，之前還想說那隻熊是跑去哪裡了。（對子青）那隻熊是白綠相間條紋，超級詭異，雖然很可愛，但畢竟還是太詭異了。

子青：（對母親）所以醫生沒有說什麼——

母親：（拿出診斷證明給時芬）這張先給妳。

（時芬看了一下診斷證明之後收起來。）

母親：他說沒事，我說的那些東西都是正常現象，而且他算滿不錯的啦，還記得我——之前妳爸變成那樣，他也是很有耐心地照顧，不管病人怎樣他都笑笑的，不會給人什麼壓力。

時芬：那他有說什麼要注意的嗎？

母親：注意什麼——噢，他叫我吃東西的時候要吃慢一點，至少在嘴巴裡面咀嚼個四十下之後再吞下去。

子青：四十下很多欸，這樣吃一餐嘴巴不就超痠？

母親：然後就早睡早起多運動。

時芬：妳都不運動啊。

母親：反正說來說去還不都是那些東西。

時芬：重點是要做。

母親：對啊，要做才有效。

時芬：（笑）說了就要做啊——

子青：妳自己也沒在做。

母親：對啊，阿青都說了。我看你們就找一天一起出門。（頓）然後妳有空也可以回去跟那些護士打聲招呼，她們大部分都還是同一批人，她們都還記得我們。

時芬：當然會記得——畢竟當時也——當然會記得——

（母親離場。時芬把診斷證明書給子青。）

時芬：你看看，應該沒問題吧。（頓）所以你朋友真的可以幫得上忙？

子青：（笑）我就叫妳不要想太多，沒問題的。

時芬：說到那個醫生——

子青：怎樣？

時芬：不是說當時我爸最後是他負責照顧的嗎？（頓）他一開始的時候也是笑笑地說沒問題，結果後來還不是——

子青：那可能也不是醫生可以控制的吧——

時芬：而且我最近才知道他當時可能把輻射的暴露劑量刻意壓低——

子青：輻射量的紀錄？

時芬：反正就是一些數據上的調整，其實現在也還不是很清楚——

子青：可是妳怎麼會忽然知道這些東西？

時芬：最近開始有人跟我聯繫，我不知道他們是怎麼知道我的，所以我才會覺得——我不知道——有點不知道該怎麼說——

子青：妳媽知道嗎？

時芬：我不確定。（頓）不知道最好。

子青：那個健康證明——

時芬：還是拿去辦吧——我是想說，就算其實有什麼問題，現在被當作沒問題的話，不是比較好嗎？

（沉默。）

子青：你的意思是，要證明那個事故的影響跟慢性病的關係——

時芬：很困難。（頓）而且會節外生枝，我媽依她的個性一定也不會想知道。所以就算以後有什麼，就當作是一般的原因就好了。就當作什麼都沒發生過。就只是一個健康的人，然後老了，病了，就這樣——

（沉默。）

子青：所以妳之前才會請我問保險的事？（頓）那個時候就已經有人來找妳了嗎？

時芬：對。

（沉默。）

子青：那妳爸的癌症——

（沉默。）

子青：妳要怎麼做——

（沉默。）

子青：沒有人會相信妳的——

（沉默。）

時芬：他都拿到褒揚令了——（頓）而且那根本就不是癌症，我不相信癌症到最後整個人會包到只剩下眼睛。

子青：醫生怎麼說？

時芬：他真的一直都是笑笑的。（頓）一直說我爸很勇敢什麼的，我不知道到底是有什麼原因讓他這樣——然後什麼都不用解釋——

子青：妳媽知道嗎？

時芬：她是她，我是我。（笑）你是你。（頓）我不會說她一定要怎樣，什麼都不做最好——或許——她應該會這樣想——

子青：那——那個——

時芬：所以我們應該替我媽高興才對。（頓）你剛剛不是說我應該出去透透氣嗎？

子青：對啊，如果妳想——

時芬：我想去一個地方。

子青：什麼地方？

時芬：然後再順便去拜訪你爸媽。

子青：怎麼會突然想——

時芬：（若有所思地笑）也該是時候了——對了，我媽又準備一袋水果要給你。

子青：這次不用了。之前我媽才寄了一箱香瓜給我。

時芬：香瓜？所以你是喜歡香瓜還是木瓜？

子青：都不喜歡，其實——

時芬：沒救了你。

子青：開玩笑的啦，都很喜歡。

時芬：（笑）話說你現在在的那個地方還是一樣家庭式的聚會居多嗎？

子青：最近都還是。

時芬：沒想到流行可以持續這麼久——

子青：對啊，有點意外。（頓）那——時間也差不多了，要先走了。

時芬：好，就之後再約。

（子青下場。時芬看著窗外，她先是面無表情望著，然後去倒水，又回來不經意地看出去，彷彿看到什麼令她驚訝的事情，她想要下去一探究竟，但是又制止自己，她想確認自己看到的是不是跟自己想的一樣，在似乎確認之後，她反而沒那麼驚訝，而是鎮定地下樓。）

（母親上，拿著紅酒跟杯子。她邊喝酒邊隨意地翻閱報紙。時芬回來，她的褲子上有些許噴漆的痕跡。母親沒有特別注意她，仍逕自看著報紙。時芬也去拿杯子，自己倒了一杯酒。）

母親：妳最近有去轉角那家超商嗎？

時芬：比較少。

母親：他們家店員臉都超臭的，今天去買東西，結帳的時候看都不看我一眼。之前至少都還會笑一下，現在都沒了。

時芬：我以為妳不喝酒。

母親：（笑）每次都看妳在喝，讓我也想說來試一下。

（母親繼續翻閱報紙，時芬逕自喝酒。）

時芬：或許是他們笑到覺得累了。那些店員。

（沉默。）

母親：現在人真是越來越不友善。

時芬：（笑）哪有那麼誇張——

（沉默。）

母親：妳褲子是不是沾到什麼東西？（頓）是去哪裡沾到的？

時芬：噢——之前在路上碰到一個老師帶著一群小朋友在牆壁上塗鴉，可能是經過的時候不小心被弄到的。

母親：現在學生還要做這種事？

時芬：說是要美化環境的樣子。還是街頭藝術——之類的——

母親：妳再換下來我幫妳洗。

時芬：這很髒。

母親：洗一洗就好了。

時芬：洗得掉嗎？

母親：不試怎麼知道？

時芬：妳之前出門的時候都沒注意到嗎？

母親：什麼東西？

時芬：那些——街頭藝術啊——

母親：沒注意到欸。

時芬：真的？

母親：可能我沒經過吧。

時芬：妳之前不是還在抱怨那些怪味道？

母親：現在沒聞到了。

時芬：那要不要下去看一下？他們可能就在下面，我是說那些小朋友。

母親：跟我們有什麼關係？（頓）不要多管閒事，管那麼多幹嘛——反正他們弄完就會走了，沒什麼大不了的——

（沉默，時芬喝酒。）

母親：酒不要喝太多。（頓）妳最近是不是有遇到什麼事情？（頓）我知道有人想要聯絡我們——笑死人了——事情都發生那麼久了還有什麼好說的——有沒有人找妳跟妳說一些奇怪的話——如果有的話最好都不要聽——

時芬：人不要那麼無知。

母親：妳說誰無知？

時芬：我說我，我不會那麼無知。

（母親離場。時芬陷入沉思。她無意識地多喝了幾杯酒，發現自己喝太多時不覺啞然失笑。她把酒瓶跟杯子收進廚房。回到場上之後，她再次檢查褲子上的油漆汙漬。她用手刷抹了一下，發現汙漬沒退。她找到開水，倒了一些上去，沒有任何效果。她在客廳四處走動，發現了一把剪刀，想著剪刀可以用來做什麼。她突然想用剪刀把有汙漬的部分剪掉，但又有所遲疑。她決定脫下長褲，她用剪刀把沾有漆痕的地方剪掉。然後她又前後檢查了褲子還有沒有汙漬。確定沒有之後，她發現連她的腳上也有汙漬，她順手用褲子大力磨擦自己的腳。她不帶情緒地用褲子持續磨擦自己的腳，甚至也試著用剪刀輕輕去刮那個部位。最後她決定放棄，原本想把褲子帶回房間，但她後來找了一個垃圾袋把褲子裝進去，離場。）

第五場

（凌晨，時芬上場，她摸黑打開桌上的塑膠袋，拿出麵包，思考了一下又放回去。她去倒了一杯水，喝下一兩口之後，決定加進茶包，泡好茶之後她坐到沙發上，將茶放在矮桌上。她再度起身把麵包也拿到矮桌上，她配著茶吃了一口麵包，咬了幾口就把麵包吐了出來。她打開電視，隨便轉了幾台，然後她站起來四處走動，隨意撥動頭髮，她看到角落放著一把梳子，她用梳子順了順頭髮。然後她抱著枕頭坐下，瞄了一眼電視後，把頭埋進枕頭裡，靜止了一下，她又把枕頭鋪在沙發上，頭靠在上面，似乎在想些什麼。母親上場，把燈打開，但是時芬並沒有反應。）

母親：看電視幹嘛不開燈？

（時芬再次把燈轉暗，依舊躺在沙發上，不發一語。電視上正在播放著歐洲某個王室婚禮的報導。）

母親：聽說那個新娘已經懷孕了。
時芬：看不出來。

（沉默。）

時芬：麵包的味道怪怪的。

（母親拿起麵包聞了聞，不發一語地還給時芬。時芬把麵包拿去丟掉，回到沙發處。）

母親：以前妳爸在的話，一定說留給他吃。

（時芬拿起平板電腦，玩起一款益智遊戲。）

時芬：妳什麼時候過那麼多關了？
母親：哪有，妳表姊才厲害，我才到兩百多關，她都四百多關了。
時芬：真的欸，她還真閒。（頓）她現在在做什麼？
母親：她喔——好像在日本工作。
時芬：妳該不會都晚上偷偷爬起來玩吧。
母親：欸——妳剛剛這四個可以連成一條線消掉，還有這個發光的，妳也要想辦法消掉它，那個超多分的。
時芬：太複雜了啦，放棄。

（時芬把平板電腦交給母親，她逕自看著電視。母親則專心玩遊戲。）

時芬：那個捧花好漂亮。

（不久，時芬起身。）

母親：（回過神來）妳剛剛說什麼東西爆發了？

時芬：我是說捧花。

母親：喔——我聽成爆發。順便幫我倒一杯水。

（時芬去倒水，回來。）

時芬：明天—— 我要跟阿青出去。

母親：去哪裡？

時芬：（若有所思）去哪裡——還不知道。

母親：記得要防曬，最近太陽很大。

（時芬把自己的水喝完，又去倒水。母親在這個時候拿出藥袋，吞了一顆藥。時芬回來。）

時芬：妳過關了沒啊？

母親：還沒，這關太難了。（頓）之前有一關也很難，我花了整整兩個禮拜才過關。（頓）妳還不去睡？明天不是要出門？

時芬：我翻譯還沒做完，明天要交。（頓）然後，那個——明天我可能會順便去阿青家。

母親：（欲言又止）不要太晚回來就好。

時芬：（笑）明天我回來之前妳應該會過關吧。

母親：我告訴妳一個小祕密喔。

時芬：什麼祕密？

母親：就是啊，這個遊戲如果一直沒過關的話，難度會自動降低。

時芬：（苦笑）這哪是什麼祕密啊？

（沉默。）

母親：妳最近是不是有去醫院？
時芬：不就是陪去妳拿藥嗎？
母親：有護士說是看到妳一個人——
時芬：她可能沒注意到我跟妳在一起吧。（頓）護士就喜歡聊些有的沒的。
母親：所以妳沒有自己一個人——
時芬：噢——我是有回去找一些認識的人打招呼，妳之前不是叫我也回去一下——

（時芬把電視關掉，把桌上收拾乾淨。只留些許燈光，她離開客廳，母親一個人繼續玩遊戲。她放下平板電腦，閉目沉思，又張開眼睛，用手輕輕按壓臉部穴道，不久後睡去。時芬進入客廳，沒注意到母親已經睡著。）

時芬：對了，我剛剛忘記說，那個聯盟那邊的事情我已經決定去聯絡了，他們人都很好，沒問題，不用擔心，這方面他們應該就不會再來找妳了。（頓）媽？

（時芬注意到母親已經入睡，她把平板電腦自母親手上移開，並抓了件外套披在她身上。她坐在母親旁，靜靜看著她的臉。然後她注意到地上有許多掉落的頭髮，她跪到地上慢慢地用手撿拾。她注意到桌上的藥袋，把它收起來。）

第六場

（時芬與子青前往時芬位於災區的住處，兩人一語不發，沿途風景流過。）

時芬：好久。
子青：什麼好久？
時芬：沒事，就是感覺，過了好久。

（沉默。）

子青：還要繼續開下去嗎？
時芬：還沒有到。
子青：這條路大概很少人在走了。
時芬：還是認得出來。（頓）我每次都是走這條路回來的。
子青：每次？
時芬：之前回來過幾次，房子還在的時候回來拿一些東西，雖然有很多東西不應該碰了。其實，也不應該回來，因為——說不害怕是不可能的。但是——有些東西好像就是比恐懼更重要。

（沉默。）

子青：好像有人在那邊。

（沉默。）

子青：好像有人在跟我們招手。

（沉默。）

時芬：他們是誰，你知道嗎？
子青：他們是誰？
時芬：他們是病人，那是一家療養院。

（沉默。）

時芬：你想過去看看嗎？

（沉默。）

子青：妳有認識的人在裡面嗎？
時芬：沒有，我都不認識。

（沉默。）

時芬：你有看到嗎？牆壁上那些東西。（頓）那些字、那些形狀、那些顏色。（頓）那是什麼意思——這些東西不應該出現在這邊，也不應該出現在——其他地方。

（沉默。）

子青：到了嗎？

（沉默。）

時芬：（唸出看到的塗鴉文字）自生自滅。

（沉默。）

時芬：（唸出看到的塗鴉文字）髒東西。

（沉默。）

子青：到了嗎？

（沉默。）

時芬：還有一段路。（頓）在旁邊那裡，更靠近海的地方，是一片草原。以前在草原上，有牛會在那邊吃草。

（沉默。輻射超標警示音作響，子青與時芬沒有反應。）

時芬：現在看不到了，當然。

（沉默。）

子青：畢竟也已經過了一陣子。

時芬：有時候，我會想要再看見牠們。看牠們吃草。看牠們躺在草原上面。

（沉默。警示器聲音停止，風景停止流動。時芬說了一陣子的話後，子青拿出相機四處拍攝。）

時芬：就是這裡，我還記得衛生室在那邊，國小在這裡。這裡是校門，這裡是臺階。以前，我常常繞著操場走，一邊看著那些山。現在，我也想要這樣一邊走，一邊看著那些山，好好看清楚。

（沉默，子青繼續拍攝。）

時芬：要我幫你照嗎？

（子青沒有反應。）

時芬：那個時候，整個地方幾乎都被埋了起來。先是消防員把所有地方清洗過一遍，用怪手、起重機、挖土機把房子都剷平，然後再填進土裡，我知道有好多東西還在裡面，好多。

（沉默。）

時芬：記得把照片上傳，會吸引不少人的。（頓）其實靜下心來看，這個地方還是滿美的，跟以前一樣美。

子青：是啊，是滿美的。（頓）只可惜——

時芬：（試探性地）只可惜——什麼？

子青：（不確定地）只可惜——沒什麼。

時芬：真的不用幫你照嗎？下次來不知道是什麼時候了。（頓）沒有我你應該自己也不會來吧。

（時芬接過子青的相機，幫他照了一張相。）

子青：我還是會再陪妳來。

時芬：（把相機還給子青）我照得應該還不錯。

（子青想把相機收起來，但時芬似乎想到什麼又硬把相機抽出來。）

時芬：（看似隨便卻又認真地照了一張）你看這個角度很漂亮。（又照了另一張）這邊也是。（又照了一張）這邊超美的。（又照了一張）我不喜歡有人的照片。（又照了一張）你不覺得人跟風景很不搭嗎？（又照了一張）真的很不搭。（又照了一張）真的很不搭。（把相機還給子青）你再選選看吧。

（沉默。）

時芬：走吧——

子青：走去哪裡——

時芬：（疑惑地）走去哪裡——就回去啊。

子青：（試探地）先把妳的車開回我那。

時芬：什麼意思？

子青：剛好我也要把我的車開回我爸媽那，就直接過去。

時芬：開這台車不行嗎？

子青：因為我爸媽叫我順便把車開回去——

（沉默。）

時芬：（笑）早說嘛——那今天就直接坐你的車就好啦——

子青：我想說這也不是什麼——

（沉默。）

時芬：（若有所思地）他們——可能也有他們的想法吧——

子青：車子而已——不是什麼大事——反正——（打斷自己）

（沉默。）

時芬：昨天，我跟我媽說了聯盟那邊的事情。我跟她說會幫她處理，叫她不用擔心。（頓）結果你知道嗎？第一次參加那邊的運作，就發生了一件很好笑的事情。其實也沒有什麼，就是我打電話給一個負責這方面的人員，結果他居然劈頭就說：（戲謔地模仿）「你們都還活得好好的，還想要什麼特權？受害者基金，根本沒憑沒據！」

子青：這麼沒禮貌——

時芬：他說的也沒錯，根本沒什麼確切的根據。（頓）只要對方咬住這一點，我們也就沒什麼方法。（笑）雖然是早就預料到的事情，但是真正發生的時候，還是會讓人覺得很好笑，會覺得「真的欸——對方真的可以有這種反應——」

（沉默。）

子青：沒發生還真不知道。

（沉默。）

時芬：對啊，很多事情沒真的發生，還真不知道自己會有什麼反應。（若有所思地）可能連自己都會被自己的冷靜嚇到。（再次戲謔地模仿）「你們都還活得好好的，還想要什麼特權？」

（子青看著發笑的時芬，不發一語。）

子青：我爸媽應該會很高興看到妳。

時芬：你自己都那麼久沒回去了。
子青：我沒關係。
時芬：我不知道該說什麼。
子青：該說什麼？
時芬：見到他們的時候。
子青：不用去想。
時芬：這樣最好？

（子青表示同意。沉默。）

時芬：你也這樣覺得？

（子青表示同意。沉默。風景繼續流動。）

第七場

（清晨，天未明。時芬一個人躺在椅子上。母親上場，她沒有預期到會在這個時間點看見時芬，她發現時芬並沒有入睡。）

母親：妳怎麼趴在這裡睡著了？什麼時候回來的？

時芬：我有幫妳買早餐。（頓）妳知道車站附近新開了一家咖啡店嗎？二十四小時營業，他們也賣麵包，我就順便買了幾個。

母親：妳昨天——幾點回來？

時芬：還有妳最喜歡的大蒜麵包。

母親：我等妳等到後來太累就先去睡了。

時芬：不用等我啦，我就——

母親：而且妳手機也——

時芬：在那邊坐著坐著一不小心就睡著了——

母親：什麼——妳在咖啡店裡睡著，再多走幾步路就到家了，不然妳也可以叫計程車——下次——

時芬：啊，還好吧。（笑）就一時——這樣，沒什麼大不了的吧。

母親：我還以為妳在阿青那裡過夜了。

（沉默。）

時芬：二十四小時營業的店真的是一種很偉大的發明。

（母親吃了一口大蒜麵包。）

母親：還是以前我們常買的那家好吃。
時芬：現在這種時間點真的很尷尬，不知道是該起床還是該繼續休息。
母親：妳剛剛在客廳的時候啊，我在房間裡聽還以為是老鼠在跑，要不是燈打開——
時芬：妳說以前爸也常在客廳這樣走來走去。
母親：喔，對啊。他都喜歡摸黑坐在沙發上，不知道在想什麼。放著佛經，一個人坐在客廳。
時芬：（笑）我們那時候都跟他抱怨說那個不叫佛經，叫做魔音傳腦。
母親：（笑）真的是魔音傳腦。
時芬：他的車上好像也只有放那種音樂。（頓）最後的時候。

（沉默。）

時芬：妳那麼早吃東西等下再回去睡覺會很容易胖。
母親：再吃一口就不吃了。
時芬：那隻老鼠還在嗎？
母親：什麼老鼠？
時芬：上禮拜妳說妳看到的啊，不是還放了黏鼠板。
母親：大概跑掉了吧。（頓）妳買新褲子了喔——

時芬：我好像變胖了。
母親：在哪買的——
時芬：妳也想要——
母親：很好看啊，質感也不錯。

（沉默。時芬作勢要離開。）

母親：（略帶緊張地）妳要去哪裡？
時芬：把咖啡拿去放。（頓）阿青爸媽送的。妳幹嘛那麼緊張？
母親：我冰箱裡面有放新買的蛋糕。
時芬：蛋糕——為什麼會忽然想要買蛋糕？
母親：想到就買一下啊，不行嗎？
時芬：我還以為是什麼——

（時芬似乎想到什麼。她走進廚房，不久後她端著咖啡出來。母親緩緩地四處移動，似乎在找尋什麼，但是沒有找到，坐回座椅上。）

時芬：什麼東西不見了？
母親：藥，我在找我的藥。（頓）算了，沒關係。
時芬：妳昨天不是應該就吃完了？
母親：我吃完了？
時芬：我今天再去幫妳拿。（頓）對，說到這個，妳現在應該要少吃蛋糕，結果妳還買。

（母親起身，走到窗戶邊。）

母親：早餐店開了。

（沉默。）

母親：他們老闆好像換人了。

（沉默。）

母親：現在好像是一對母子。

（沉默。）

時芬：那之前跟我們一起搬過來的早餐店老闆呢？
母親：他們好像搬走了。
時芬：我都還沒買過他們的早餐。
母親：妳現在喝咖啡不怕等一下睡不著？
時芬：（笑）我喝咖啡還比較容易睡著欸。
母親：阿青他爸媽還記得妳喜歡哪種咖啡啊，真好。
時芬：八成是阿青提醒的啦。（頓）我這次去他們那裡的時候啊，才發現我們，我是說我，好像真的已經變成——另外一種人——
母親：去哪裡的時候？
時芬：就他們家啊，阿青。

母親：喔——對——

（沉默。）

母親：天亮得好快。

（沉默。）

時芬：妳會不會有一種奇怪的感覺——比方說明明一件事情已經發生過了，可是妳還是會害怕它發生。像是爸，他那時候去處理電廠事情的時候，我就很害怕會有什麼事情發生，只要我一躺在床上，就會忽然擔心起來。這種擔心好像變成一種習慣，就算事情已經過去了，可是當妳躺下去的時候，還是會忽然擔心起來。（頓）妳不會嗎？

母親：那個時候誰不擔心啊——

時芬：那現在呢？

母親：現在當然不會啊。

時芬：其實我有點害怕看到，阿青他們家人。

母親：他們跟妳說了什麼？

（沉默。）

時芬：（笑）如果我以後繼續待在家裡當宅女，妳應該不會把我趕走吧？

母親：妳想那麼多幹嘛——妳在講什麼——

時芬：我是不是把事情想得太複雜了？
母親：什麼事情？
時芬：沒什麼。
母親：所以他們跟妳說了什麼？
時芬：他們順便叫我跟妳問好。
母親：我是問他們跟妳——
時芬：跟我——不就是那樣嗎？
母親：那有講到之後的事情嗎——這件事情是遲早的事，不要一直拖，要是沒發生那件事情——
時芬：我們早就結婚了。妳還沒說我就知道妳要說什麼。
母親：妳到底在想什麼？

（沉默。）

時芬：（笑）我在想，再過一陣子就要過年了，妳會不會想要出去走走？
母親：之前都是爸爸開車。
時芬：妳想去哪裡？
母親：去哪裡——去中部的山上怎樣？
時芬：那裡路不好開，我技術沒那麼好。
母親：妳不是也很喜歡那邊的山上？
時芬：（笑）我是在問妳喜歡的地方。
母親：我也想去啊。
時芬：好——
母親：那妳去問阿青要不要一起來。

時芬：人家過年不一定——

母親：之前妳坐他車子的時候，不是還稱讚他的開車技術很好嗎？他應該不會介意吧——

時芬：妳自己跟他講，他最聽媽媽的話了。

母親：我又不是他媽。

時芬：是啊，妳不是。

（沉默。時芬把剩下的咖啡一飲而盡。）

母親：今年可以找些不一樣的地方去走一走。

時芬：那妳負責去找資料。

母親：妳幫我找比較快。

時芬：妳也應該要學一下，妳之前不是才在說想要學些新東西嗎？（笑）那我就期待妳的驚喜喔——

母親：哪有什麼驚喜，我們以前出去都不知道該怎麼安排這些東西——

時芬：而且民宿都訂不到。

母親：所以妳看我就笨手笨腳的。

時芬：所以這次才不一樣啊。

（兩人會心而笑。）

第八場

（母親與子青在客廳中，他們聽著音樂，以鋼琴為主的演奏音樂，風格簡約冷冽。兩人聽著，沒有太多動作。突然音樂開始出現雜音。阿青到音響旁察看。）

母親：聲音怎麼會這樣？
阿青：不知道，我看一下。

（子青到音響旁邊，調整了一下，但還是沒有改變，子青直接把音響關掉。）

子青：先這樣好了。伯母覺得怎麼樣？
母親：噢，很好啊，可以有這樣的發展。
子青：還沒到發展啦，才剛開始而已。
母親：你還年輕啊，有得是機會。（頓）反而是你有空幫我跟小芬談一談，她最近好像都沒在翻譯，不知道在忙些什麼。（頓）感覺你跟她還比較可以說得上話。

（沉默。）

母親：欸——阿青，你下次也來做個什麼跳舞的音樂啊，比較輕快的那種，我現在在上跳舞課，感覺老師放的音樂都沒你做的好聽。

子青：跳舞——真的？

母親：小芬就一直叫我去找事情做，她還幫我報了寫作班。（頓）我看她大概是想要分散我對她的注意力。我跟你講，我以前就跳過舞，在讀高職的時候還蹺課去練舞。蹺課欸——你一定不相信吧——以前當學生的時候也是會胡亂寫一點東西——學生時代就是這樣。

子青：那你們現在都在寫些什麼？

母親：才剛開始上而已。老師說要從自己的經驗出發，我聽了覺得很有道理。可是仔細想想，要從別人的經驗出發也是不太可能的吧

子青：（笑）對啊對啊。

母親：自己的經驗也是很難寫。（笑）仔細想想，好像也沒什麼好寫的。

（沉默。）

子青：伯母妳剛剛說小芬最近在忙，她在忙什麼？

母親：連你也不知道？（頓）小芬——感覺她有點變了，我不是很喜歡。她沒有跟你講那個什麼聯盟還是組織的事情嗎？其實，說是說不知道，我自己是有在偷偷觀察，我也暗示她不要再做那些事情，那又不能賺什麼錢，而且還感覺跟政治有點關係，我們又不是當事人還是什麼的，那麼雞婆做什麼——我到現在還是搞不懂——

（沉默。）

子青：那伯母妳最近身體還好嗎？

母親：（笑）就都一樣啊。（頓）你看，她到現在都還沒回來，明明是她約你過來的，結果還這樣。

（沉默。）

子青：不知道為什麼，其實我之前有段時間也聯絡不上她。然後前幾天她不知道從哪來的消息，知道我發行音樂的事情，就要我過來。

母親：是喔——我不知道這些——

子青：之前她來我們家吃飯的時候就有點，不知道該怎麼說，原本在閒聊說最近在做的事情，其實我們家人也大概知道她之前跟現在做的東西有點不太一樣。（頓）我那個時候以為她會說她在做翻譯，結果她就直接把她在另外一邊做的工作都說出來。

母親：她怎麼說？

子青：她之前是說在幫一個畸形兒的媽媽。（頓）現在在忙什麼我就真的不知道了。

（沉默。時芬進場，她提著一個大紙袋，裡面放了許多文件資料。）

時芬：欸——你來了。怎麼沒有先打電話給我？
子青：妳電話那麼難打。
時芬：（笑）拜託——你打我哪次沒接。
母親：你拿那一大袋是什麼？
時芬：（對子青）等很久了嗎？
子青：還好。
母親：阿青有把他的音樂帶來——
時芬：我現在不要聽。免得他又要追殺我問我的感想。
子青：（笑）反正妳也該習慣了吧。
時芬：（笑）你今天還滿幽默的。
母親：阿青做的音樂很棒，妳真的不聽嗎？雖然不太適合跳舞，但是還滿舒服的，比起妳爸之前愛聽的那種音樂，噢——真的是好太多了。還有啊，阿青，等下時芬會跟你講過年的事情，要是你有空的話——我還是讓她自己跟你講好了。

（沉默。時芬面露冷淡神情。）

母親：又是這種表情。

（母親離場。）

時芬：應該要先恭喜你，朝向專業音樂人發展。
子青：（笑）說那麼好聽。
時芬：我只是實話實說。

子青：欸——那一大袋到底是什麼？（頓）還有，為什麼我都聯絡不上妳？

時芬：是你自己先失聯。

子青：是不是我爸媽跟妳私下說了什麼？

時芬：沒有。（頓）我們都認識那麼久了，他們都是好人。（頓）所以我才覺得在他們面前我必須——實話實說。因為他們人那麼好，那麼友善，那麼——理性——

子青：那妳可不可以也實話實說？

時芬：你爸媽很關心我——那次去看他們之後，他們還主動約我出來。（頓）他們說，看到我這陣子一切都很好他們很高興，然後他們很間接地提到我們的事情。但是，他們還是希望我去檢查一下身體。（頓）他們沒說那麼直接，但是意思大概就是——這樣——

子青：檢查身體——為什麼？

時芬：為了你。他們叫我檢查身體，為了你。（笑）是你問我才跟你說的，你回去就裝作沒這回事。

（子青擅自抽出紙袋中的文件資料翻閱著，時芬任其翻閱而無動於衷。）

子青：（學之前時芬說過的話）「你們都還活得好好的，就想要什麼特權？」

時芬：我確定你今天很幽默。

（沉默，子青繼續翻閱。）

時芬：沒想到一年多的時間就可以讓一個人變成一張紙，變成好像用一張證明就可以證明自己。（尋找字眼）我有的時候——我最近——從之前開始——未來——我覺得——我不知道你可不可以瞭解——這種感覺——我覺得——未來正在——摧毀我——

子青：未來什麼？

時芬：摧毀——我——所以就變得好像我必須在那之前先去做一點什麼。（笑）你一定又會覺得這個說法很好笑了吧。

子青：所以跟我想得一樣，妳現在幾乎都在——

時芬：我現在覺得——

子青：什麼？

時芬：（尋找字眼）我覺得——忽然覺得——我可以——不再屬於誰——任何人——總之這個念頭忽然抓住了我——直到現在——

（沉默。）

子青：其實我有再自己回去看過，雖然沒走到上次那麼深。（頓）我有經過妳說的療養院，裡面已經沒有人了。（笑）也是應該的不是嗎？早就該安置到別的地方了。

（沉默。）

子青：後來我決定去看電影。妳應該跟我一起來，我看到一齣很好笑的電影，妳需要笑，多笑一點比較好——我忘記我是不是想說要打電話給妳，但是我還是一個人去看了。（頓）其實我還有把那個時候的照片拿給朋友看，他們說很漂亮，但是他們不知道那邊是什麼地方。

時芬：那你有說嗎？

阿青：說什麼？

時芬：那是什麼地方——

（沉默。）

子青：妳原本可以避開很多麻煩。

時芬：你說什麼？

子青：妳有能力可以回去工作，回到原本的機構去——妳還年輕——

時芬：我已經老了——

子青：妳沒有。（頓）妳可以選擇自己的人生。妳還有選擇的餘地。是妳自己讓自己——

時芬：那個畸形的嬰兒好像在跟我說，妳已經老了。（頓）然後我跟他說，你不會只有一個媽媽。

（沉默。）

子青：剛剛聽妳媽說她最近在上寫作班。

時芬：還有肚皮舞。

子青：妳媽在某方面還滿有趣的。不知道她都寫些什麼——

時芬：她計畫都不知道排到什麼時候去了。

子青：這樣很好。

時芬：之前不知道在哪裡看到，說像我媽這樣的人，最好盡量把時間排滿，讓生活多一點有意義的活動之類的，對身體啊精神上都——

子青：都比較好？

時芬：嗯。（頓）而且我媽不知道從哪裡聽來的說法，最近總在說要好好把握自己還有體力的時候——最好每天，每個禮拜，每個月，每年都安排好。（頓）越是沒有意義的東西，其實對人越好。

子青：妳說話還是那麼誇張。

時芬：（笑）真的，我現在反而很羨慕那種什麼都不知道——然後可以計畫未來的那種感覺，未來——。（頓）對了，說到這個，剛剛我媽是想問你說新年的時候要不要一起出來玩？她行程都排好了。

子青：真的？

時芬：（笑）不相信啊？（頓）欸——你以後還是可以多過來。雖然我現在比較常在外面。（笑）希望我們不要再失聯了。

（沉默。）

時芬：這個假放完就會越來越忙碌，希望有越來越多人加入。（頓）原來這麼長一段時間的平靜只是表象——

（沉默。）

時芬：你怎麼那麼安靜。說幾句話啊——說什麼都好。

（子青把自己準備好的裝有新咖啡杯的袋子交給時芬。）

子青：這個，上次妳說要再買給妳的。

（時芬看了一下，把咖啡杯拿出來，看了看。）

子青：音樂聽完記得跟我說妳的感想。（頓）其實，不知道為什麼，在做這次音樂的時候，就想到上次跟妳回去的那個地方。（頓）所以我也才自己又開回去了幾次，然後才完成——其實我也想——其實我也不知道——總之，所以，我希望知道妳對音樂的想法。聽完跟我說，這很重要。真的。

時芬：（不帶感情地。）我知道。

（子青離開。時芬放出音樂，她先是專心地聽一下，然後拿起咖啡杯看了一下又放回去。接著拿出紙袋裡面的資料開始翻閱。她似乎想起了什麼，用文件蓋住自己的頭，她想起身出門，像是要去把子青叫回來，但她制止了自己，只在窗邊看了一下。她發現母親站在角落看著她，她們四目相交，但時芬不發一語地回到座椅上繼續翻閱資料，母親則繼續看著她，音樂繼續播放。）

第九場

（母親與時芬在山間，風景自她們身邊流過。）

母親：我一直在想，我應該要寫的東西是什麼？我想我可以試著寫，我們兩個這次一起出來玩。距離上次出來，已經隔了好久。（頓）以前，我們就很喜歡到山上，我一直很想住在這種地方。我常跟你爸抱怨，我們住的地方好吵，而且人都不會笑，空氣也不好。我喜歡看著一大片安靜的山，想像如果我們每天都可以——這麼安靜。

時芬：他不在家的那個時候，家裡好像也是這麼安靜。他好幾天都沒有回家。那個時候，我們甚至一句話都沒有講。沒有什麼好講的，就好像，妳覺得沒有什麼好寫的。

（沉默。兩人的狀態逐漸變為處在自己的回憶與想像裡。）

母親：我一直在想，我應該要寫的東西是什麼？但是我好像還沒有辦法去寫那些——，我沒有辦法，我只能回想。一回想，就想到在接到任務之後，他獨自把車子開過田野，開過沒有車子的公路，沒有人會再回去那個地方。我看著車子消失，車燈逐漸變弱。他要去哪裡？

時芬：有一些事情要處理，他跟我說，很快就會結束，責任，這是責任，他說。隔天他沒有回來，再隔天也沒有回來，隔天的隔天的隔天——

母親：最後他還是回來了。看起來沒有什麼大礙。但是他跟我說，不要碰我。為什麼不能碰你？你說你很髒。很髒？洗個澡就好了——難道你都沒有洗澡嗎？我說，把衣服脫下來讓我洗。他說能平安回來真好——他說，我們都是有福報的人。

（沉默。）

母親：我們都是有福報的人。

（沉默。）

時芬：到了醫院之後，他的模樣開始改變，每一天都判若兩人——他開始脫皮，皮屑掉落——然後身體開始出現灼傷的痕跡，從小傷口逐漸擴大——然後慢慢剝落——

（沉默。）

母親：最後，我完全看不見他的臉，他的臉跟身體都綁滿了繃帶。我只想要和他獨處。

時芬：我只看得到他的眼睛，聽護士說，他有一次流的淚裡面有血。我不相信人會從眼睛裡流出血來。我不相信。

母親：我不知道眼前的人是誰，我在想眼前的這個人是「什麼」？

時芬：他好像不再是「誰」，而是一個「什麼」。

母親：只剩下一雙眼睛，其他地方都被機器控制住。
時芬：那雙眼睛好像在看我，但是卻又看不到我。

（沉默。）

時芬：當我從窗戶向外看，我知道在另一個房間裡有一雙眼睛，用一種複雜的眼神看穿了我，然後有一次，我終於開口問他說，你到底在看什麼，他回答我說，妳自己沒有看見嗎？在妳的身邊有一群小孩子圍著妳，一邊跑，一邊把油漆潑在妳身上。那群小孩子在笑，但是妳卻面無表情地站著。他們當中有些頭皮腐爛，有些只有一隻眼睛，有些全身焦黑。他們把各種顏色的油漆潑到妳身上，就像是空氣中無緣無故閃過鮮豔的放射光。妳沒看見嗎，那些孩子？他問我。我說，這是誰的孩子，我不知道。

（沉默。）

時芬：我不知道。不是我的。孩子不該被生下來。我不會有孩子。（頓）我不能有孩子。

（劇終。）

解

人物

小智：男，23 歲。

母親／顧問／神祕客：小智的母親，50 歲。人力資源顧問。網友 A。

弟弟：小智弟弟。18 歲。網友 B。

上司：男，小智工作的工廠上司，45 歲。網友 C。

男子／男同事／男店員：23 歲。網友 D。

女子／女同事／女店員／坐著輪椅的女子：23 歲。網友 E。

小玲：女，小智的網友，30 歲。網友 F。

（除了小智，其他角色皆有另一個網路上的聲音，以英文代號表示。小智在網路上的聲音則以「智」表示。）

說明

「我們在此相遇 I」與「我們在此相遇 II」這兩個場次的舞臺指示僅為參考，具體在舞臺上的表演方式可以自由調整。

第一場：
留言板I

（只能在黑暗中感覺到小智的身影。）

智：醒來了，徹徹底底地醒著
　　明明睡著比較好
　　不安，對還有所期待的自己感到
　　不安
　　幸福就是放棄一切
　　幸福只會產生怨恨

　　房間好大
　　房間如果跟我的身體一樣大
　　寂寞就不會擴散
　　明亮的房間
　　不明亮的心

　　大家都在躲避我
　　要是我做了這件大事，大家就會說：「一定是他做的」
　　大家就會看見我
　　我要做一件大事
　　讓大家真正地看見我

第二場：
我們在此相遇I

（都市中流動的景色與聲音。）

（男子與女子沿對角線交錯行走。一位上班族匆匆忙忙上場，喝著咖啡，離場。一位發傳單的工讀生不斷將傳單遞給行人們。一名高中生邊看筆記本邊走過，同時一位戴耳機頭朝下的路人正面迎來，兩人在相撞之前巧妙避開了彼此。一群滑動手機的人走過。一位慢跑跑者跑過，他似乎認出了送傳單的人，但是發送傳單的人並未認出他。他拿了一份傳單，邊讀邊慢慢步行離開。一名婦女捧著一束白色鮮花上場，在原地若有所思，離開。）

（場上淨空。演員再次上場。他們彷彿認出了什麼，又沒認出什麼。自由流動。）

（都市運轉的聲音，便利商店的開關門聲、捷運廣播、流行音樂。）

第三場：
留言板II

A：2008 年日本秋葉原

C：2012 年美國科羅拉多州

D：加藤智大

B：他是神

E：霍姆斯

D：還是垃圾

E：問題是我們的社會為什麼能製造出

C：2011 年挪威烏托亞島

D：布列雷克

E：他比垃圾還不如

A：這樣的神經病

E：至少垃圾還可以回收

D：殺人償命天經地義

智：人只要長得醜做什麼都會被否定幸福的人是不會懂的吧

F：也不是每個人都是幸福的

智：幸福的人是社會的腫瘤長得醜的人只能跟長得醜的人作朋友好我知道了

D：我很幸福

智：甚至比你想像中的醜還要更醜都是我的錯

C ：很多人也有生活上的困難為什麼他們

A ：願意努力謹守道德的最後一條防線

D ：最好的方式就是

A ：治亂世用重典

E ：讓死刑犯互相砍殺

智：又醜又矮又幼稚的我真悲哀都是我的錯

D ：加藤智大駕駛卡車闖入秋葉原鬧區下車揮刀

B ：他是神他的行為超越了善與惡

F ：給予我們巨大的啟示

E ：加藤智大在事發後不發一語直到警察來查問他他才說

D ：說了什麼

B ：他說「我累了」

F ：對什麼東西累了

B ：「我對人生累了」

D ：他的年紀好像跟我差不多

E ：我的年紀也跟他差不多但是我選擇努力

A ：如果法官不判死刑

B ：他是神

F ：透過他我們開始跟自己對話

A ：我就判司法死刑

B ：給予我們勇氣

F ：讓我們看清自己

B ：你可以反擊

F ：你不用繼續忍受下去

智：因為我很醜都是我的錯

D：到底是有多醜

智：我努力不夠人生失敗組都是我的錯

C：你這樣講話很有趣嗎

智：醜的人應該被判死刑真正的烏托邦應該是一個沒有醜人的地方

E：沒有人在跟你說話

智：醜的人連自言自語也不行好我知道了

A：每個人都有說話的自由

智：醜的人沒有說話的自由

E：自由也是有界線的

智：所以說長得醜也想要成為有用的人只能跑去牛郎店恐怖攻擊是吧

A：網管可以出來限制一下嗎

智：還是趁別人打電動打到一半的時候從他們的屁股抽掉錢包還是去騷擾在網咖裡一直放閃的情侶們

C：鬧板也不是這種鬧法

智：醜的人是社會的腫瘤比垃圾還不如我的醜男朋友們

D：限制發文權限

智：面對逆境要堅忍不拔一切才能順利除了交女朋友注定無法順利之外因為沒有好看的臉就沒有女朋友

E：要抱怨去別的地方

D：誰來限制他的發文權限

智：與其虛擲光陰不如另尋出路此乃醜男子們應該

E：版面好亂

智：奉為圭臬

D：支持限制發文

E：誰來叫他閉嘴

智：才是至上真理好我知道了

A：投票表決封鎖他發文的權限

C：我同意

D：同意

E：我也同意

第四場：
小智家I

（母親與弟弟分別坐在桌子的兩側。）

母親：（唸出標準答案）選擇題的部分 CCDBA ACDBA BBCCC ADDBC。（頓）「當今這個瞬息萬變的世界中，充實學識與專業能力」——寫錯字了，從第一個字開始重寫。「當今這個瞬息萬變的世界中，充實學識與專業能力固然重要，然而與人良好溝通」——又寫錯了，叫你照抄也會寫錯，重寫。

（母親手機響起，她接起手機。講手機的過程中小智拿著簡單的行李穿過舞臺走到角落，母親對他視若無睹。）

母親：放心，這次你們挑進來的都很好，光是氣勢就比另一家好很多。他們帶來的是什麼東西啊？人沒有人樣，篩選根本有問題。（頓）你說有人上班第一天就莫名其妙跪在經理前面，都多大了還要別人心理輔導嗎？當然是直接說明天就不要看到他啊還用說嗎？（頓）怎麼會這種事情還要我出面，好，我知道了。（頓）不會不會，我也還有事情要處理。

（母親掛上手機。弟弟開始用筆敲擊桌面。）

母親：在考卷上塗塗改改只會給閱卷老師留下不好的印象——你要好好抄，然後想想看為什麼自己寫不出這種作文——

（弟弟無視母親說話，持續用筆敲擊桌面。母親試圖制止弟弟，抓住弟弟的手，弟弟掙脫之後高舉筆尖看似要刺向母親，但母親不為所動。）

母親：我有事要去公司一趟，在我回來之前給我一字不漏地抄完。

（母親離場。弟弟放下手中的筆。）

弟弟：你要去哪裡？

小智：作文那種東西很簡單，你比我聰明那麼多，所以你不用擔心，你會順利取代我的。

弟弟：你有跟媽說你要去哪裡嗎？

小智：不過以後吃飯的時候你要吃快一點，沒有我當最後一個，小心你的飯菜被她撒到地上去。

（沉默。）

弟弟：你什麼時候會回來？

小智：回來哪裡？

弟弟：家裡。

（沉默。）

小智：你還記得小時候有一次我們暑假一起出去的事嗎？什麼時候要去哪裡，都是她在決定，那個時候甚至連照相的地方都安排好了。（頓）有一張我們的照片，你在裡面笑得很天真，我卻一點表情也沒有。不知道為什麼會想起那個時候，其實我很羨慕你可以有那種笑容。（頓）雖然說我們都是媽的複製品，但是在那個時候她應該就已經很清楚，哪一個作品會失敗，哪一個作品會成功。

（小智離場。）

第五場：
自我提升工作坊I・模擬面試

顧問：「你為什麼不喜歡之前的工作？」
「你不喜歡你之前老闆的哪一點？」
「你的缺點是什麼？」
在之前的工作坊裡頭，我已經說過面試的時候保持正向是最重要的準則，但是常常你就是會遇到這類負面又 tricky 的問題，所以我們現在要來練習面對這種問題的時候該怎麼回答。（對小玲）來說說看，妳自己認為自己的缺點是什麼？

小玲：……我沒有缺點。（頓）我沒有明顯的缺點。

顧問：這一聽很顯然就是在說謊而且迴避問題。（對男子）來，你自己認為自己的缺點是什麼？

男子：我之前的同事都說我太熱愛我的工作了，我總是提早上班，又比別人晚下班，我想太熱愛工作就是我的缺點。

顧問：陳腔濫調！這種回答我都不知道聽過多少次了。（對女子）來，換妳。妳自己認為自己的缺點是什麼？

女子：我在之前公司工作的時候，我有一個缺點就是在 presentation 方面，並不是說我 presentation 做得不好，但就是缺少一種專業感，所以我去找了一位我很欣賞的前輩，請教他是否有訣竅可以學習，幸好這位前輩人很好，告訴我一些竅門，在我練習之後，果然我的 presentation 的技巧就變好了。

顧問：非常好。你們注意到了嗎？即使是面對負面的問題，還是要用正面的方式來回答，有缺點本身並不是缺點，重點是你意識到缺點並且加以克服。好，接下來我們要練習的是講出自己的優點，千萬不要以為這個就比較簡單。（對小玲）如果面試官問妳：「說說妳的優點」，妳該怎麼回答？

小玲：我很努力工作。（頓）我很會應對顧客。（頓）我很會情緒管理。

顧問：都妳在說。（對女子）來，說說看妳的優點。

女子：之前的經理都說我應對顧客應對得很好，特別是把產品知識連結到顧客服務這方面。

顧問：不錯。但是要注意說話的方式，有點平，可以再練習。（對男子）來，換你。

男子：我的前主管常說我做事很有效率，之前的公司有舉辦「最好的合作夥伴」投票活動，感謝我的同事讓我得到票選第一。另外，顧客滿意度上，我也常常得到優良的評比——

顧問：之類的 blahblahblah。（頓）我不是說你說得不好，正好相反，你說得很好。沒錯，就是這樣，不要用「我」開頭來回答這種問題，你的優點自己說不準，這個時候你一定要用第三者的觀點來回答這個問題。因為你是誰不重要，別人眼中的你才重要。好，那我們來做最後一個練習，應該也是最簡單的一個，那就是通常在面試結束前，面試官都會加一句：「最後，你有什麼問題想問的嗎？」雖然這聽起來就是一個禮貌性的問題，不過也不能隨便回答。（對男子）好，從你開始。最後，你有什麼問題想問的嗎？

男子：在今天面試結束之後，還有其他應徵上的流程嗎？

顧問：好，可以。（對女子）最後，妳有什麼問題想問的嗎？

女子：我想知道在多久之後會接到結果通知？會用電話，或者是用 email 通知呢？

顧問：好，很好。（對小玲）最後，妳有什麼問題想問的嗎？

小玲：那妳可以說說看妳的優點是什麼嗎？妳會是一個好上司嗎？還有，妳的員工管理風格是什麼？另外——

顧問：如果妳這麼說的話，那我想面試官會說：「謝謝妳今天來面談，但是，我想我們現在沒有足夠的時間進行建設性的交流。如果我們公司錄取妳的話，我想我們可以就這方面進行非正式的討論，謝謝。」

第六場：
便利商店I

（神祕客進入便利商店。）

男店員：歡迎光臨。

（神祕客四處遊晃。小智進場。）

男店員：歡迎光臨。

（小智拿了一個便當準備結帳。）

男店員：（認出小智）你是……小智？小智欸！你怎麼會在這裡？超久沒見面了。
小　智：我要結帳。
男店員：我們高中畢業之後就沒見過面了吧——沒想到會在這裡看到你——
小　智：我要結帳。
男店員：（結帳）一共是七十元。

（小智發現自己錢不夠。）

男店員：你也在這附近工作嗎？

小　智：你們有過期的便當嗎？

男店員：我們之前還經常一起打電動啊——

小　智：我可以拿過期便當嗎？

男店員：我們不賣過期便當。

小　智：那我可以拿嗎？

男店員：你都不記得了嗎，還是認不出我了？

小　智：不記得什麼？

男店員：我還去你家玩過幾次。

小　智：我家不能帶朋友回來。

男店員：（猶豫了一下）我是可以先幫你付。（頓）其實我有聽說一些你們家的事情。

小　智：我會還你，不用擔心。

男店員：所以你現在——？

小　智：我真的會還你。

（男店員結帳完之後，小智離開。）

男店員：謝謝光臨歡迎再度光臨。

神祕客：你們現在有促銷活動嗎？

男店員：我幫妳看一下，有，這兩件一起帶是八折。

神祕客：喔，這樣啊。

（神祕客繼續閒晃。小玲進場。）

男店員：歡迎光臨。

小　玲：（四處看了一下）松露烤雞義大利麵賣完了喔？

男店員：對耶賣完囉，剛推出的好像滿受歡迎的。

小　玲：那個好吃嗎？

男店員：應該不錯吧。

小　玲：你自己沒吃過嗎？

男店員：還沒吃過。

小　玲：是喔？我以為……

男店員：不好意思，那個——所以——請問妳需要什麼嗎？

小　玲：你們新推出的精品拿鐵跟一般的拿鐵有什麼不一樣嗎？

男店員：聽喝過的客人說，香氣比較濃郁，妳想試試看嗎？

小　玲：喔，原來是這樣，謝謝。

（小玲離開。）

男店員：謝謝光臨歡迎再度光臨。

神祕客：（拿了一些商品）你們都沒有購物籃嗎？一次拿這麼多東西很麻煩。

男店員：（不確定地）購物籃——我記得是放在門口旁邊——

神祕客：我先結帳。

男店員：折扣後是五百六十四元。

（神祕客付千元鈔票，男店員想找錢，但發現無零錢可換。）

男店員：不好意思，現在的零錢沒辦法全部找開，可以請您——

（神祕客同時拿出照相機拍攝店家與商品。）

男店員：不好意思這裡不能拍照。

神祕客：剛剛在我進來的時候你雖然說了歡迎光臨但是眼神沒有直視我也沒有微笑然後也沒有主動告知有促銷活動看到客人拿了多件商品也沒有主動拿購物籃還有結帳的時候只報出總數卻沒有說出收多少錢和找多少錢然後對於無法找錢這件事情不能有效解決還有阻止拍照缺少適當的說詞既然沒有錢找開那沒關係我剛剛買的這些東西我現在都不需要了

第七場：
激勵大會

（上司與顧問、小智、弟弟、小玲、男同事與女同事已經進行完第一輪的信任遊戲。）

上　司：剛剛這個遊戲是訓練大家的信任感。不管大家彼此是認識或不認識，進入到這個遊戲之後，大家就是一家人了。在一起朝向終點前進的過程中，雖然你可能會遲疑、害怕，但是信任最終克服了所有的恐懼，你們已經辦到了。看看你周圍的人，記住他們的臉，你們已經是信任彼此的夥伴了。現在要玩另一個遊戲，請大家坐下，閉上眼睛。

（眾人坐下，閉眼。）

上　司：想像一下你現在上了一艘郵輪，接著你收到一封請帖，是船長邀請你參加晚上的宴會，正當晚宴進行的時候，忽然哐啷一聲，耳畔傳來雷聲般的巨響，郵輪撞上了冰山，很快就要沉入海底，結果你發現船上只有兩艘救生艇。好，請睜開眼睛。

（眾人睜開眼睛。）

上　司：現在大家要輪流走到每個人的面前，並且決定要把自己的兩個上船機會送給誰。如果你決定要送給對方的話，你要說：「雖然我不認識你，但我還是決定把票給你，你可以上船！」這個時候對方要說：「我活了！」如果你決定不送給他票，就跟他說：「我不關心你，我不知道你的名字，我不會把票給你，你去死吧！」然後這個時候死的人要說：「我死了！」

（上司把票傳給每個人，每個人兩張。）

上　司：（對男同事）請你開始。

（男同事走到顧問面前。）

男同事：（把票交給她）雖然我不認識妳，但我還是決定把票給妳，妳可以上船！
顧　問：我活了！

（男同事走到弟弟前面。）

男同事：我不關心你，我不知道你的名字，我不會把票給你，你去死吧！
弟　弟：我死了！

（男同事走到小玲前面。）

男同事：我不關心妳，我不知道妳的名字，我不會把票給妳，妳去死吧！

小　玲：我死了！

（男同事走到小智前面。）

男同事：（把票交給他）雖然我不認識你，但我還是決定把票給你，你可以上船！

（小智沉默。）

上　司：這個時候你要說「我活了！」

小　智：（遲疑且不適應地）我——活了！

（男同事走到女同事前面。）

男同事：我不關心妳，我不知道妳的名字，我不會把票給妳，妳去死吧！

女同事：我死了！

上　司：（對顧問）下一個換你了。

顧　問：我要先把一張票留給我自己，我想應該是沒有規定說不能把票留給自己的吧。

上　司：妳的確可以留給自己。

（顧問走到男同事面前。）

顧　問：（把票交給他）雖然我不認識你，但我還是決定把票給你，你可以上船！

男同事：我活了！

顧　問：其他人我想我就一併說了，我不關心你們，我也不知道你們的名字，你們都去死吧！

上　司：（對小智）換你了。

（小智走到顧問面前，看著他，不知道該說什麼。）

上　司：我剛剛已經解釋過遊戲規則了，如果你要把票給她，你就說：「雖然我不認識妳，但我還是決定把票給妳，妳可以上船！」要是不給的話，就說：「我不關心妳，我不知道妳的名字，我不會把票給妳，妳去死吧！」只有這兩個選擇，請你快點決定。不要在那邊畏畏縮縮，想要對方死就大聲地說出來！

（小智還是站在顧問面前什麼話也說不出來。）

上　司：（語氣和緩）看來這位夥伴需要大家的鼓勵，畢竟這真的不是一個容易的選擇。來，我們大家給他一個愛的鼓勵。

（大家拍手給小智愛的鼓勵。小智無動於衷。）

上　司：（拉長語氣）再來一次。

（大家拍手給小智愛的鼓勵。小智仍無動於衷。）

上　司：（拉長語氣）最後一次。

（大家拍手給小智愛的鼓勵。小智依舊無動於衷。）

第八場：
卡拉OK

（小智、男同事與女同事在唱卡拉 OK。）

男同事：喂，小智今天玩遊戲的時候也太認真了吧？
女同事：對呀，還考慮那麼久？
男同事：誰死不是都沒差嗎？只是一個遊戲！
小　智：欸？是這樣嗎？
女同事：就是因為太認真才會想那麼久，隨興就好！
小　智：欸？真的是這樣嗎？
男同事：當然是啊，你該不會是真的認真了吧？
女同事：小智你好有哏喔！
男同事：還是說你是故意的？
女同事：不會吧？
男同事：小智，你的髮線好高喔！
小　智：（模仿廣告用語）「落髮藏不住，害怕被關注？」

（眾人笑。）

小　智：（模仿廣告用語）「我們家的男人，都會禿！」
女同事：沒想到你這麼有趣欸！

男同事：禿頭的話會不會交不到女朋友啊？
小　智：我對真實的女人沒興趣。
男同事：欸，你該不會是所謂的宅男吧？
女同事：還是你對二次元的世界比較有興趣？
小　智：那個……你們對玩留言板有興趣嗎？

（眾人笑。）

女同事：真的是耶！活生生的宅男！小智真的看不出來耶！
男同事：這個超有哏的！真的！沒想到你這麼有趣！

（眾人繼續笑。）

小　智：那所以……你們對玩留言板有興趣嗎？

（沉默。）

第九場：
留言板III

A ：這不僅僅是一個遊戲

C ：而是真實的殘酷選擇

D ：這樣的選擇實在太難

B ：輪到我投票的時候我簡直不知道該如何是好

E ：另一個向後倒然後別人接的遊戲也很可怕

D ：祕訣其實是倒下的人

E ：是不是能夠真的信任

B ：越是信任對方

F ：重量就會越輕

智：在捷運上明明旁邊還有座位卻沒有人坐直到有兩個空位才有人坐是為什麼呢

C ：先學會微笑吧

智：長得醜的人不適合微笑

F ：幸福還是不幸福都在自己的一念之間

智：就算想法變了臉卻不會變

A ：想法變的話氣質也會改變

智：人只要長得醜就算微笑也還是醜照鏡子的時候只想要去死就算被說想太多也還是只能一直想下去

E ：醜人有醜人才能體驗的世界

D：但是我想體驗型男的世界

智：什麼都還沒開始就結束了

B：好悲慘

智：只要肯做就會成功這種風涼話誰都會說因為我已經很努力了

F：真難過

智：沒有一個人一開始就放棄自己會放棄是因為沒有結果一直都沒有

D：完全可以體會

E：簡直是警世名言

智：漫長的一天又開始了

B：痛苦又開始了

智：明天還是要繼續努力唷大家

F：連睡覺的時候都夢到在工作

智：我不是你的傀儡

E：先從派遣開始磨練自己

智：我不是你的傀儡

D：履歷會比較漂亮

智：我不是你的傀儡

C：在服務滿意度調查中發現有一位年僅十八歲的工讀生笑容滿面與每一位顧客閒話家常而當神祕客進一步想借用廁所測試他的時候他說

A：「現在人比較少，我親自帶您去」

智：明天還是要繼續努力唷大家

C：你父母要是哪一天身體

D：長久下去不是辦法

E：沒辦法過一輩子

智：明天還是要繼續努力唷大家

D：這幾天只能吃泡麵了這樣才能

C：突顯自己的不一樣

A：提昇自己到更高的境界

智：如果滿分一百分的話臉只有零分身高 167 體重 57 皮膚爛掉頭髮爛掉外型爛掉平常會遇到的朋友是零平常會說話的人是零自己喜歡自己的地方是零自己討厭自己的地方全部最近關心的東西是零能夠贏別人的地方是零

C：努力的話就會成長

智：這種話只對學生成立沒有成果的努力都是白費

E：努力就會有成果

智：所以你說我不夠努力好我知道了

A：所以你努力了什麼

D：一定什麼都沒做

E：為什麼不先從外表開始弄得好一點

智：所以沒錢買衣服褲子鞋子的人全部放棄算了好我知道了

B：你現在快樂嗎

智：什麼叫做「你現在快樂嗎」還是你想說的是

E：為什麼你還不去死

智：好我知道了

A：絕對沒有要嘲笑你的意思

D：但是你做了什麼努力

智：不管做什麼努力都會被笑好我知道了

C：真的沒有要笑你

智：聽說有一個女高中生從網路聊天室被騙出去結果被施打了麻醉藥

E ：有這種事

智：其實是春藥

D ：八成是被照片騙了

E ：做兩個班 11 個小時每個月都爆時

A ：人是很有潛力的要慢慢加重加重再加重

F ：被掏空了

E ：我那天真的是發燒 39 度可是店長說不能請

A ：你就知道人的底線在哪裡

D ：再怎麼樣也要撐下去

C ：這不是壓榨員工而是練兵場

B ：被掏空了

E ：有兩種可以選時薪高但是不含勞健保時薪低含勞健保我當然是選時薪要高一點

C ：為什麼我必須要用你給我一個理由

D ：有時候臨時被叫來就沒在打卡比方說叫我們去補貨訂貨之類的還有點貨就會臨時叫我們去

F ：被掏空了

E ：你下班了嗎

智：到家了

E ：你講的那個聊天室故事有點可怕

智：妳生日快到了嗎

E ：快到了

智：上次妳說想要在十九歲生日的時候見面

E ：但是我還沒看過你的照片

智：傳給妳了看到了嗎

E ：看到了但是有一件事情我要跟你說聲抱歉其實我這次生日是十八歲生日十九歲生日要等到明年所以明年的這個時候我們可以見面然後這期間我們還是可以保持聯絡你覺得呢

第十場：
小智家II

（母親一個人坐在桌前，樓上傳來拳頭敲擊牆壁聲。小智進場，母親遲疑了一下才開口。）

母親：（對著小智）我真的沒有想到你還會回來，那個時候也沒有想到你會自己一個人在外面待那麼久。（頓）你爸要跟我分開住了你應該知道。（頓）我在你們小的時候不應該把自己的壓力發洩在你們身上。

（樓上傳來拳頭敲擊牆壁的聲音。）

母親：你知道你弟沒去參加大考的事嗎？我不確定你們有沒有聯絡。（頓）可以讓我抱一下嗎？

（小智不動，媽媽主動摟抱小智。）

母親：之前你爸都不管你們，都是我在管，所以難免我會有不對的地方。我記得你說過想去看精神科，我不知道你現在狀況怎麼樣，應該是不需要了吧。都沒事了不是嗎？都是過去小時候的事，你們也都長大了。

（樓上傳來拳頭敲擊牆壁的聲音。）

母親：你弟他沒去參加考試，一直待在房間裡面。這個情況已經持續一陣子了，他很少出門。（頓）你之前念的地方也不是你想念的吧，還是你有考慮重新考一次？現在還來得及，重考的話，媽媽可以支持你。

（手機聲響，母親放開小智。但是她也沒有接起手機，等待手機聲響停止。）

母親：我在說什麼？這當然是不可能的。（頓）之後你爸爸會處理你弟。我知道你不可能跟我住。我知道我有對不起你的地方。

（母親拿出裝錢的信封，交給小智。）

母親：這些錢或許可以讓你先付一些房租跟支應生活費。總之，如果可以的話，就當作是過去的事情一筆勾銷，這樣對大家都好。

（手機聲再度響起，母親接起手機離場。弟弟上場。）

弟弟：她剛剛跟你說什麼？她有叫你去重考嗎？有吧，她就是為了這個才叫你回來的吧？之前她說至少你有去考，雖然沒有考上她希望的學校。（頓）她說要聯絡你的時候，我還以為你不會回來。

小智：因為我沒錢了，剛好。

弟弟：所以你之後呢？不會再回來了？

小智：不會。

弟弟：我也是。

（小智離開。）

第十一場：
自我提升工作坊II・個人品牌

顧問：在上一次的workshop當中，我們說過，世界已經改變了。你們已經不可能預期處在一個都不轉換跑道的時代，在不同職位變動的過程中，最重要的就是你自己，沒錯，就是你的個人品牌。你的個人品牌就是你的價值，也是別人怎麼評價你，以及對你的認知。你可以是一輛Volvo嗎？你有像Volvo一樣可靠嗎？還是你可以是Apple？或者是可口可樂，味道永遠不變？建立自己的品牌，有的時候就是要想像自己就是可口可樂。如何定義你自己？不外乎視野、目標、價值、熱情。上一次我已經請各位去探索屬於自己的價值來源，今天我要請各位發表自己的個人品牌宣言。

男子：我運用我的應變能力、對人的理解，以及對創造力的熱情，持續激勵在時代最前端的廣告團隊去完成強而有力，而且具備劃時代意義的廣告計畫，這些計畫替產品公司帶來了收入以及品牌價值。

女子：我運用我多年來替公司建立品牌的經驗、對員工潛能的信任，以及對創新的追求，激勵了全球無數的經理人、專業人士以及創業家們，讓他們達到專業上最高程度的成功。

男子：在別人的眼裡我充滿創意

女子：富於知性
男子：具備團隊精神
女子：充滿動力
男子：熱情
女子：可以完全信任

（男子與女子離場。）

小玲：所以意思是，在面對別人的時候，感覺就一定要給對方提供正面的經驗，但是我真的怎麼想並不重要，如果是這樣的話，其實我很喜歡個人品牌這個概念，用另外一個自我，當作一個保護膜，讓別人看到另一個我，這樣我就不用展現私底下的我，誰都不會知道。

顧問：妳的想法很特別，但是真正的個人品牌，就是要展現真實的自我，真實，Authentic。

小玲：但是真正的自我是什麼？我好像說出什麼是真實的自我，就有另一個更真實的自我會說，那個自我才是更真實的。

顧問：很有趣的想法，很——特別，妳知道嗎？這就是另類思考——或許妳可以當一個 Apple，妳有想過嗎，當一個 Apple？

小玲：我最大的問題，說真的，就是我真的是一個很普通的人，真的很普通，我不知道我跟別人有什麼不一樣，就是一般人，不是像剛才那兩位那麼突出的那種。

顧問：完全不要這樣想！我覺得妳很特別，妳可以先把這個記下來呀，特——別——。（頓）讓我來跟妳說一個小故事，其實我曾經去給準備要出獄的更生人帶過個人品牌建立的工作坊，我們討論到擅長的事情，其中一個人說他很擅長販賣毒品，然後我說：「太好了，先不管這件事合不合法，重點是你的技能，所以為什麼你擅長販毒呢？」他說：「因為我顧客服務做得很好，我很重視信用。」然後我跟他說：「顧客服務，記下來！當然，這件事情合不合法我們暫時先不管。」接著我問他，他覺得自己可以建立怎樣的個人品牌？他說他就是個毒販，我說，我知道，但是你怎麼可以讓別人放心跟你交易呢？他說他擅長解讀人心，我跟他說這一定要記下來，擅長解讀人心，這是個值得深度開發的品牌特徵。最後我問他，他為什麼能夠在監獄當中生存下來？他說，他就是有特別的生存本能，在任何環境下都能生存。當然我又叫他立刻記下來！因為這不是每個人都辦得到的。當下他的眼神告訴我，這是他第一次發現自己的價值。所以，我的意思是，妳可以說一個妳覺得自己做得好的事情，我們一定可以在裡面發現妳潛在的品牌內容。

小玲：嗯——做得好的事情。（頓）之前有一個認識的人生日，因為我知道他很喜歡某個動漫人物，所以我就把那個動漫人物的圖片印出來，剪下來貼在卡片上，然後又把那個人的大頭照貼在那個動漫人物的臉上。

顧問：然後呢？

小玲：他收到之後好像很喜歡。

顧問：沒錯，這就是創意！「創意」，記下來！還有剛剛的「特別」，一起記下來！妳真的很特別，真的，不要告訴我妳現在才知道。

第十二場：
便利商店II

（小智進場。）

男店員：歡迎光臨。

小　智：（還給店員錢）上次的錢，謝謝。

男店員：不用謝啦，只是小錢。

小　智：（想到什麼似地）你說的對。一個人會幫助另一個人只是因為有錢的關係。所以我不應該謝謝你而是要謝謝這些錢。

（小智離場。）

男店員：謝謝光臨歡迎再度光臨。

（小玲與神祕客上場。）

男店員：歡迎光臨。精品咖啡第二杯七折現正優惠中喔。

小　玲：第二杯七折喔？

男店員：對耶要考慮看看嗎，可以寄杯喔。

小　玲：你們新推出的精品拿鐵跟一般的拿鐵有什麼不一樣嗎？

男店員：聽喝過的客人說，香氣比較濃郁，妳想試試看嗎？

小　玲：你自己沒喝過嗎？

男店員：還沒喝過。

小　玲：是喔，我以為……

男店員：不好意思，那個——請問妳需要什麼嗎？要結帳嗎？還是要取包裹？還是——？

小　玲：噢，沒有啊，沒有——

男店員：不好意思，所以妳現在需要的是——

小　玲：我——沒有特別需要什麼。

男店員：小姐，妳好像經常來這邊，但是每次什麼東西都沒有買。

小　玲：我……我嗎？所以你對我有印象？

男店員：對啊。妳有點特別，我是說，行為有點特別。

小　玲：我以為你每次看到我都像是第一次見面。

男店員：我也以為妳每次看到我都像是第一次見面。下次來的話可以試試看啊，精品咖啡第二杯七折，可以寄杯喔。

小　玲：喔，好啊——下次——

（小玲離場。神祕客拿了一瓶飲料，打開，倒在地上。）

男店員：謝謝光臨歡迎再度光臨。

神祕客：（對男店員）先生，那邊的地上溼溼的。

男店員：是，我會立刻處理。

（男店員拿出拖把拖地。隨後神祕客又把另一瓶飲料倒在地上。）

神祕客：（對男店員）有人把飲料打翻了。

男店員：是，我會立刻處理。

（神祕客離開。男店員開始清理地板。弟弟上場。）

男店員：歡迎光臨。

弟　弟：精品咖啡第二杯七折現正優惠中喔。（頓）要不要幫忙？

男店員：噢，今天這麼早來喔，還是店長把你調班，也太臨時了吧？

弟　弟：（幫忙清理）反正我這個時間也沒事做。

男店員：不是說在準備考試？

弟　弟：有在準備啦。

男店員：話說剛剛那個什麼都不買的女客人又來了。

弟　弟：是喔，那她這次是問什麼？

男店員：精品拿鐵。

弟　弟：第幾次了？

男店員：第三次。可是她這次說下次會來買。

弟　弟：最好是，她該不會對你有意思吧？

男店員：不會吧？

弟　弟：清好了。

（上司上場。）

弟　弟：歡迎光臨。精品咖啡第二杯七折現正優惠中喔。

第十三場：
自殺防治大會

（黑暗中，屏幕上出現一段段充滿療癒感的大自然影片，配合著空靈的音樂。本場所有演員皆在場上。）

上司：工作的目的不只是為了賺錢，而是為了尋求與世界的平衡，自我成長，實現夢想。如果你在這個努力的過程中出現了負面的想法，就表示你還沒有找到自己與這個世界相配合的頻率。（頓）每次去澎湖的時候，我都會到海邊閒晃，撿到了不少被沖上岸的貝殼，這些貝殼唯一的共通點就是，牠們都死了。死貝殼才會讓海浪衝擊漂流，就像只有不用心、沒志氣的人才會被競爭進化的巨流所吞沒。（頓）很遺憾的是，近期出現了同仁因為情緒障礙或是精神疾病之類的問題造成想不開的事件。珍惜生命，既是對自己負責，也是對工作負責。今天特別請到了一位從這類事件中重新出發的同仁，與各位分享她的心路歷程。

（男子推著坐著輪椅的女子出場。）

女子：雖然我現在站不起來，但是我的心是永遠站起來的。未來的我只想做一件事情：為社會做出貢獻，為需要幫助的人，盡自己的力量作出幫助。我現在不能出去打工，但是我以後一定還要再站起來，自己照顧自己，不依賴父母和朋友，繼續和各位一起努力。雖然現在的我失去了雙腿的自由，但是你們的關心讓我有了勇氣去面對今後的一切困難。我要做一個對社會有用的人，一個不可取代的人，而不是做一個拖累社會的廢物。謝謝你們的關心。

（眾人鼓掌。）

上司：各位同仁，我有一個夢，我希望你們在組織中都有不可被取代的地位。我有一個夢，我希望我們的產品、品質與服務在客戶心中有不可被取代的地位。我有一個夢，我希望我們公司在人類追求文明進步的真善美的過程中有不可被取代的地位。

（眾人鼓掌。）

第十四場：
留言板IV

E：3 月 6 日下午 3 點

B：一個透明的存在

D：13 樓

C：把生命當作賭注

E：9 樓

D：4 月 7 日下午 5 點 03 分

A：努力努力再努力

C：5 樓

B：精神危機的局部釋放

E：3 樓

C：80 萬名員工 14 人自殺

A：比例非常合理

F：在福音戰士的故事中人類已經迷失了自我

D：精靈處在沒有相異性的和諧狀態中不會排斥第二個主體的存在

B：為什麼人類彼此相處會產生痛苦

智：我不是你的傀儡

F：為什麼精靈仰望星空可以看見星星人類仰望星空卻只能看見星座

E：人類歷史就是烏托邦的目標

B：一個接著一個破滅的過程

智：沒辦法認識新朋友就是因為我的臉長得太醜了可以煩惱要送女朋友什麼禮物真是奢侈的一件事

A：假裝有個女朋友不就得了

智：長相好看的人當然可以說內在比外在重要要是有女朋友的話生活也不會這麼慘了吧對女生來說男朋友只是用來證明自己的裝飾品

D：完全正確

E：多多少少

B：綾波零為什麼一直面無表情

D：她是真的沒有情緒還是

F：無法表現出來

E：我相信她還是有感覺的一定是有一些因素才讓她

F：無法傳遞情感

B：可是到後來她真的會哭了

智：如果長相有型的話就算是打幾個標點符號也會引起同情吧

A：說得沒錯但是又醜又胖的人也會引起同情不是嗎

C：被可憐的那種

智：不是因為個性不好才沒女朋友是因為沒有女朋友才個性不好

A：你好無聊

C：不要用別人的評價來決定自己

D：你的個性跟別人無關吧

E：其實你的長相算是一般吧只是行為舉止太奇怪了才比較難接近

智：所以行為怪異長相又醜的我很可怕吧好我知道了

F：從女生的角度來看不管是醜是帥最後還是要看本質溫不溫柔

智：如果是帥的話就算不溫柔也很願意上鉤醜的話當然是拒絕好
我知道了為什麼會出現那種聊天室約出去然後被殺的事件呢
是因為對方帥所以被殺也無所謂還是真的被騙了呢

A ：你在諷刺什麼嗎

C ：這種話真讓人不舒服

智：只是單純的感想

D ：交友軟體應該沒有帥的吧

E ：都是盜用照片

智：不跟討厭的人說話並不代表跟你說話就喜歡你

D ：那你為什麼不也去盜用別人的照片試試看

智：我對那種事情沒興趣沒有戀愛經驗的醜男在精神上也是不成
熟的吧精神不成熟所以不適合戀愛如果換了一張臉或許就可
以有不同的人生了帥哥的憂鬱是真的憂鬱而醜男的憂鬱都是
假裝出來的這種事情跟精神診斷的結果沒有關係

E ：你憂鬱嗎

智：我裝出來的

A ：生不生病跟長相沒關吧幹嘛那麼在意長相

智：長相是不幸的根源

C ：為什麼不請別人介紹女生給你認識

D ：你自己應該要更正面積極

智：醜的人太積極看了只會叫人難過

E ：到底是醜到什麼程度啊怪物嗎

智：我不是你的傀儡

A ：純粹是自己不夠努力

智：我不是你的傀儡

B：長得醜但是努力工作還是會受歡迎的

智：長得帥的人就算失業還是交得到女朋友

D：一直說自己有多醜多醜那你是看哪個部位在挑女生

智：我沒有挑選的權利女生才有挑選男生的權利

C：你有病

E：現代社會男女平等

智：沒有魅力的男生只會被冷落永遠跟別人是平行線

C：那就準備打手槍過一輩子好啦

智：大家都在合理化歧視嗎好我知道了

F：雖然我不知道你遭遇過什麼但是女生也會

E：主動告白

智：我做什麼都沒有用不知道可以忍耐到什麼時候認識我也沒有什麼好處所以沒有人要認識我要是我忍受不了該怎麼辦

A：自己把自己說成這樣當然沒朋友

C：找藉口倒是很厲害

D：7月23日凌晨4點

B：11樓

E：從持續的憎恨中獲得自由

A：8樓

D：從中獲得和平

C：8月2日晚上11點42分

B：減輕痛苦的方法就是

E：5樓

D：車床裡的一粒灰塵

A：2樓

E：人類最初想要回到樂園但是
F：後來卻想變成神
B：資本主義也是某個補完計畫
D：資本主義確實可以神格化某些人人類的悲哀就是
A：想變成神
C：排擠別人
D：才是王道
E：我們又何嘗不是在公司把老闆的對手當作敵人全力衝刺
D：犧牲的卻是無辜的我們
B：每次看到綾波零都會想哭不知道為什麼
F：這個世界不管在什麼時候都讓我們想起
B：可不可以不要再有福音戰士的故事可不可以
F：不要再看到有人倒下
智：又醜又幼稚所以都是我的錯努力過了也不被承認所以都是我的錯我知道了
A：現在有誰會跟幼稚噁男交往
智：你的觀察十分正確佩服佩服我是人生失敗組
C：你的存在本身就讓人不愉快
智：你是人生勝利組我知道了
F：你真的，真的沒有朋友嗎
智：現在是一個人
F：工作的地方呢先交朋友之後再說我沒有要否定你的意思
智：真正的朋友一個就夠多了
F：你比我還要年輕年輕就是本錢
智：我精神有病年輕也沒用

F ：只要年輕就還充滿可能性

智：我可以見妳嗎

F ：什麼意思

智：跟妳直接見面

第十五場：
小玲家I

（小玲與小智看著新世紀福音戰士的動畫。）

小玲：（延續之前的話題）你是不是習慣什麼都否定？我不是要否定你。（頓）只是有種「原來世界上真的有這種人」的感覺。

小智：這樣其實一點都不好。

小玲：你很妙。（頓）我第一次遇到對於見網友這麼熱衷的人，居然還為此跟公司請假。

小智：反正可以順便出來走走。

（沉默。小玲把動畫轉成靜音。）

小玲：所以今天是最後一天了？

小智：對。

小玲：那等下你就要直接回家了？

小智：會先隨便找個地方睡。

小玲：（若有所思）喔——為什麼不回家？你不住在家裡？

小智：沒地方可以回去。

小玲：你請假出來公司都沒有說什麼？

小智：他們覺得沒差。
小玲：什麼沒差？
小智：反正遲早都會走人的。

（沉默。）

小玲：你的名字裡有「智」這個字嗎？
小智：沒有。
小玲：那「智」這個字是怎麼來的？
小智：忽然想到的。
小玲：一開始看到小智這兩個字的時候還以為是你的名字——
小智：我記得妳的名字是因為綾波零的關係。
小玲：綾波零——對，（模仿綾波零口吻）「我不是你的傀儡」。
小智：妳剛剛說的是我最喜歡的臺詞。

（小智拿出一個袋子，裡面是綾波零的衣服跟假髮。）

小玲：這個是——（拿出衣服）
小智：妳現在可以穿嗎？
小玲：現在？（頓）我不太確定——我不知道。
小智：妳穿應該會很好看。
小玲：（不知道該說些什麼）謝謝。（頓）你不需要把錢花在這
　　　種地方。
小智：我喜歡所以沒關係。
小玲：今天你可以睡在這裡，真的可以。

（小智忽然壓到小玲身上。）

小玲：可以移開一點嗎？

小智：不要。

小玲：這樣不太好。你這樣壓著我我覺得很重，你還是先移開再說。

（小智緩緩挪開。）

小智：不好意思。

小玲：（保持鎮定地）你剛剛想要做什麼？（頓）你到底想要做什麼？為什麼忽然不說話？（頓）還是你來找我只是想要……？

小智：我想要自殺。

小玲：（先是略顯錯愕）自殺？（接著察覺小智藉口不合理而啞然失笑）這個藉口很爛你知道嗎？還是你以為我真的會相信？

小智：所以我才會想說在那之前——不好意思。

小玲：（試圖理解地）我還是不太能理解——你說你想自殺？

小智：我不知道……一種焦慮。

小玲：焦慮……我不太懂？所以你說你的見網友之旅——就是為了最後去……？然後跑來這邊——那之前那些網友呢？

（沉默。）

小玲：你真的沒有家人或是其他朋友？

小智：留言板就是我家，我說過了。

小玲：那你身邊的人——比方說你同事知道嗎？你要來見網友的事情？

小智：不知道。

小玲：你可以請他們一起玩留言板啊。

小智：我試過了。

（沉默。）

小玲：（突然放下戒備，不自覺笑了出來）哈哈哈，我幹嘛假裝擔心你啊？結果你也發現了對不對？（頓）其實我自己也好像……我已經一個禮拜睡不好了。只要一個人醒著，就會有一個奇怪的想法一直纏著我……大概就是類似你說的那種事情，一直感覺到一種莫名的衝動——

（沉默。）

小智：我可以一直陪著妳嗎？

（沉默。）

小玲：（故作開朗）我沒跟你說過嗎——我有一個男朋友了，剛從研究所畢業。

小智：真抱歉我學歷比不上他。

小玲：這不是學歷的問題，你也可以好好打扮自己，這樣就會有你自己的風格跟市場啊——

小智：所以他原本也是妳的網友？

小玲：噢——算是啦——是吧？（頓）也沒有那麼容易，也是要試很多次——

小智：所以妳比我幸福太多了。（頓）忽然感覺好煩噢——

小玲：如果你真心想要變得受歡迎就不會覺得煩了。

小智：所以不打扮自己的人就沒有資格談戀愛嗎？衣服，衣服，衣服，什麼都是衣服。好煩。為什麼不乾脆跟衣服交往就好了？

小玲：難道你都不想吸引別人嗎？

小智：誰都想吧。

小玲：所以我沒說錯啊，這種想法每個人多多少少都會有，你可以試著經營自己，把自己當作一個品牌。

小智：（頓）反正我就是不可能有女朋友，這些東西都沒意義，妳知道我現在有多煩嗎——如果有女朋友的話或許我對衣服就會有興趣了吧⋯⋯

小玲：這也不只是衣服的問題。

小智：反正外表決定一切。

小玲：你可能也會碰到喜歡你這樣的人。有這個可能也說不定。

小智：反正我就是很糟。

（沉默。）

小玲：其實你長得還可以。你自己知道你長得還可以。為什麼要把自己說得那麼醜？

小智：我的經驗，我試過了。（頓）說話要有哏，這樣大家比較會跟我說話。

小玲：所以你不是真心認為自己醜？

小智：這種事情認真就輸了，知道我在開玩笑的人就知道我的真心話是什麼。

小玲：那你現在說的是真心話嗎？

小智：是真心話。

（沉默。）

小智：在網路上的我才是真正的我，我說的話才是我的真心話。

（沉默。）

小玲：所以其實在留言板上你沒有不滿或是想要煩人的意思？

小智：比較想要讓大家開心。

小玲：類似開玩笑？

小智：類似。

小玲：我想我多少可以感覺到你在開玩笑。

小智：妳是少數知道的人。只要有人知道我就很滿足了。

小玲：可是你在上面待的時間還是比一般人長很多——

小智：除了工作我都在上面。

小玲：只有在這個留言板上嗎？

小智：之前有別的。（頓）但是會被冷落或是被趕走——只有這個好一點——

小玲：不管怎麼說我覺得還是有點——

小智：上面的人對我來說很重要。（頓）感覺就像是我回到我的房間，然後大家在裡面玩——

（沉默。）

小玲：你之前都沒交過女朋友嗎？

小智：小學三年級的時候。

小玲：後來呢？

小智：被我媽阻止了。

小玲：就那一次而已？

小智：國二的時候還有一次，那次我媽就直接打我——反正只要跟功課沒關係的東西都不能接觸——

（沉默。）

小玲：不管怎麼說，你剛剛的行為還是太突然了——

小智：我只是想抱人試試看。

小玲：跟性沒有關係？

小智：沒有。（頓）算了，已經很晚了，我可以自己找地方睡。

小玲：你還是可以待在這裡，真的。

（沉默。）

小智：之後可以再見面嗎？

小玲：之後再約吧。

小智：先約比較好。

小玲：為什麼？

小智：如果未來有一件事情在那邊，我們就可以活到那個時候。之後妳如果想不開的話，至少想到這個約定，就可以活下來。（頓）這是我的經驗。

（沉默。）

小玲：我真的覺得你可以先跟工作上的同事交朋友。（頓）還是你不喜歡你的工作？

小智：我換過很多次。

小玲：沒辦法定下來？

小智：反正都一樣。

小玲：這樣講可能有點直接，還是——其實都是你被換掉的？（頓）我沒有別的意思，這種事情就是會發生。

小智：跟妳想得不一樣，上次我才接到通知說還可以續約。（頓）但是也沒錯，不管是自己換還是被趕走，只要穿上制服是誰都沒差。朋友、工作、同事，都是隨時可以被取代的東西。對我來說只有留言板是真的。

小玲：但是你不認識那上面的人——我是說真正的那種認識，除非你約出來見面，否則你根本不知道他們是誰——

小智：但是在網路後面打字的人不是活生生的人嗎？跟妳一樣，跟我一樣，妳不是嗎？我不是嗎？為什麼我要比較相信生活中的人而不能相信網路上的人？真正可以一直關機重來的是我的工作、我的朋友，還有我的生活。

第十六場：
地下捷運站

（在捷運站內，小智、弟弟分坐兩張長椅，彷彿身處不同時空，認不出彼此。）

弟弟：在你離開之後，我們就再也沒見過面了。你說過你只是媽的複製品，媽就是最初的模型，這樣說起來的話，我也是一個複製品，你是複製一號，我是複製二號。我們的考試都失敗了，一個失敗的複製品，接著另一個失敗的複製品，這樣她就會得到教訓了嗎？當時我是這樣想的。

小智：我們如果表現得好，別人就會說是父母教得好。如果我們做了壞事，別人就會說要自己負起責任。一切都是自己的責任，我承認。父母可以對我們做出任何事情，包括把我們殺死。如果沒有死，就成為陌生人，不是敵人，就只是陌生人。

弟弟：離開之後，我有回去看過一次，窗簾緊緊閉上，聽鄰居說她再也沒有打開過窗簾，甚至還說她有陣子只點蠟燭過生活，因為她說燈太亮了，太明亮了，不適合。當我在這裡，在這個人來人往的地方，就想說會不會再遇到你。如果遇到你，我想說的是，你知道嗎？是我自己決定去重考，這一切跟誰都沒有關係，跟爸媽無關，跟你無關，是我自己的決定，我決定不要當複製二號，我只想當我自己。

小智：沒有「自己」這種東西，至少，我沒有「自己」。只有為了別人，自己才有可能生存下去，自己只存在在別人的，在無數的「他」的眼裡。一直到最後，我還是沒有一個「他」，隨便一個「他」都好，我沒有，所以我沒有自己。

弟弟：我們都長大了。我想確認自己跟你不一樣，但是，卻沒有機會再見到你。因為把家人看作陌生人並不犯法，所以你在這點上完全清白無辜。為什麼在這個時候，在這個地方，我會覺得自己可以遇到你？是不是因為我可以在每一張臉上找到你，部分的你，可能的你。我們長大之後的樣子，每個人都不一樣，卻又好像一樣。

小智：一次又一次從家裡被趕出來之後，我們長大了。在頭被壓進浴缸的水裡之後，我們長大了。在被關進儲藏室之後，在哭的時候嘴巴被塞進毛巾之後，我們終於長大了。

第十七場：
留言板V

（捷運運行聲。）

（捷運廣播:「請發揮愛心將座位優先禮讓給需要的旅客。」）

B ：這整件事情是怎麼回事
E ：無法建立模型加以解釋所以只能
D ：把一切精神病化
C ：高度擠壓的情感接收系統
A ：人們自主並且有秩序地出入流動
F ：不瘋掉才怪

（捷運廣播：「下車時請注意月臺間隙。」）

D ：板南線龍山寺站往江子翠站下午 4 點 22 分
B ：再也沒有其他的表達方式
E ：明亮整齊的路徑
C ：朝向一個更不能出錯的巨大機器
A ：巨大羊群中少數幾隻崩潰了
F ：夢境的幅員太大

B：缺乏情感想像而塌陷的黑洞

E：成為即將滅絕的國度

D：這真的是我遇過最糟糕的一天——我根本沒有辦法阻止這一切發生，我當時大叫叫他不要過來，他手上拿著刀，還露出一副厭煩的表情從我旁邊走過去，連看都沒看我一眼——我只有受到輕微的外傷，但是到醫院的時候我朋友已經，沒救了。我們做了什麼？必須要承受這樣的事情？聽說凶手已經在留言板上預告過很多次——太殘酷了——但是明天呢？後天呢？一切又都會像是沒發生過，一切又都會消失在日常當中——

（捷運廣播：「終點站到了，請記得隨身攜帶的物品，謝謝您的搭乘。」）

B：是孤獨殺人

E：自己感覺進不去

D：我進不去

F：我也是共犯

A：社會只看得見我們的地位跟成就

C：所以持續製造第二個犯人

B：我變成透明

F：別人的目光穿透我的身體

D：去證明自己的存在

E：我只能一直跑一直跑

B：捷運上好安靜

C：全都去死

A：要死自己死就好

F：每一個早晨

A：不關我的事

C：每一個走進辦公室的人

B：覺得自己很可悲

F：時時刻刻都必須抵抗現實

D：不能理解為什麼不可以殺人

E：我唯一的希望就是別人比我痛苦

A：皮膚爛掉頭髮爛掉外型爛掉

C：平常會遇到的朋友是零

D：平常會說話的人是零

B：是誰在說話啊

智：誰在學我說話

E：無聊死了

C：就算微笑也還是醜

D：照鏡子的時候只想要去死

F：誰是誰啊

智：可以不要這樣嗎

D：沒有戀愛經驗的醜男在精神上也是不成熟的吧

E：精神不成熟所以不適合戀愛

B：還是你自己在模仿你自己

F：越來越誇張了

智：我根本就沒有說話管理員可以出面一下嗎

A：長得醜的人根本就不應該說話

C：醜的人太積極看了只會叫人難過

智：不要學我說話

B：你才不要學別人說話

智：我是真的

A：我才是真的

C：我才是真的不要亂學別人拜託你們

智：我真的是真的

E：冒牌貨閉嘴

D：滾開你好無聊到底想要做什麼

智：可以不要這樣嗎

F：到底誰是誰啊

智：好像真的有什麼東西壞掉了

A：對啊都是我的錯

C：好我知道了

智：就像是被殺死一樣

第十八場：
小玲家II

（小玲講著手機。）

小玲：（口吻冷靜抽離）沒有辦法，我說了，今天沒有辦法，等下我男朋友就會來我這邊。我不確定之後哪天可以，我們也才見過一次面。（頓）我現在沒辦法回答你。說這些都太早，以後——會，還有機會。（頓）沒有，我最近沒有再上去留言了，現在上面變得很奇怪。（頓）喂——你在開玩笑嗎？你在警察局幹嘛？他們當然不會理你啊你根本不知道那些學你說話的人是誰——報警怎麼可能有用？（頓）他們可能也只是好玩，想跟你玩，或者只是想要引起注意。（頓）你沒有要死，沒有人要對你怎麼樣，為什麼你會覺得他們要殺你？你還是你，你就是你，你還在，不然現在在跟我說話的人是誰？（頓）你說那件衣服？我不知道，之後再說。（頓）總之，警察不可能會理你的，你先離開警察局，然後回家，休息，睡覺，明天去上班，你還是會過一樣的生活。就像你說的，二次元的時代已經過去了，要回到三次元的生活。（頓）這不是你的錯，這不是誰的錯，沒有人有錯。記住，你很特別，真的——雖然我只見過你一次，但是在我的眼裡你真的很特別，記下這句話，特別，獨一無二，無可取代，記下來。

（小玲掛上電話。拿出小智送她的綾波零服裝與假髮，她比試穿戴了一下。）

小玲：（像是在模仿綾波零）我不是你的魁儡。（頓）你很特別，真的很特別。（頓）不是，你不會死的。我會保護你。

（小玲笑了出來。把服裝與假髮卸下，收好。）

第十九場：
工廠

（男同事與女同事在更換制服。小智喝著罐裝飲料上場。他把飲料置於一旁開始尋找制服，他翻找了數次，卻遍尋不著自己的制服。）

小　智：（對女同事）我的制服呢？
女同事：（困惑地）什麼制服？
小　智：（對男同事）你有看到我的制服嗎？
男同事：沒特別注意。

（小智繼續翻找。）

女同事：（旁觀地）上次不是才弄丟一次嗎？
男同事：不是還因為這樣特地縫了什麼特別的圖案？
女同事：那應該很好找才對呀。
小　智：（繼續翻找制服）沒有制服為什麼沒有——這間公司是怎麼了——（把制服一件件丟到地上）為什麼找不到——我的制服——我的制服——明明之前就還有看到——故意的——故意的——想要員工主動離開這裡——所以才——這間公司是怎麼了——明明之前就說還可以

繼續的——不做就不做誰稀罕啊——（對男同事）是你故意拿走的對不對？

男同事：誰會那麼無聊？

小　智：（對女同事）還是妳拿的——

女同事：我幹嘛拿你的東西——

小　智：噢——對啊——人醜就是這樣，連想要穿上制服做一些不需要動腦的工作都沒機會，反正醜的人太積極看了只會叫人難過我不幹了誰稀罕啊！

（小智把罐裝飲料用力丟向牆角，準備離場。）

男同事：（對小智）你要去哪？不再找一下嗎？

小　智：（意味不明地）我有很重要的東西忘記帶要回去拿。

男同事：什麼意思？

（小智離場。）

女同事：他就這樣走了？

男同事：誰知道？

（上司進場。）

上　司：發生了什麼事情？

男同事：有人剛剛進來沒找到他的制服然後就走了。

女同事：就是在制服上面有自己弄圖案的那個……

上　司：不管是誰如果等下沒回來就是無故曠職那之後也就不用回來了。哎，不過這種事情也不是第一次發生，之前還有人制服沒找到跪在地上哭，那才叫麻煩。這種自己離開的算是還有點前途——

（上司離場。）

第二十場：
留言板VI

（板上充滿模仿小智的留言聲音。）

A：如果滿分一百分的話臉只有零分好我知道了
智：一個人的忍耐是有極限的
C：自己喜歡自己的地方是零都是我的錯
智：如果可以重開機就好了
D：自己討厭自己的地方全部好我知道了
智：大家是不是覺得我出去被車撞死比較好呢
E：人只要長得醜就算被說想太多也還是只能一直想下去都是我的錯
A：沒辦法認識新朋友就是因為我的臉長得太醜了
C：好我知道了
智：誰先認真誰就輸了是吧
D：所以行為怪異長相又醜的我很可怕吧好我知道了
E：如果換了一張臉或許就可以有不同的人生了都是我的錯
智：反正我就是醜啊你們幹嘛這麼認真有心情做這種事的你們真是幸福啊都是我的錯我知道了

（以下留言為同時發言，聲音也逐漸變形。）

A：如果滿分一百分的話臉只有零分好我知道了
C：自己喜歡自己的地方是零都是我的錯
D：自己討厭自己的地方全部好我知道了
E：人只要長得醜就算被說想太多也還是只能一直想下去都是我的錯
A：沒辦法認識新朋友就是因為我的臉長得太醜了
C：好我知道了
D：所以行為怪異長相又醜的我很可怕吧好我知道了
E：如果換了一張臉或許就可以有不同的人生了都是我的錯

（留言板除了小智之外不再有人留言。）

智：都沒有人在了嗎

真的都沒人在了嗎

在的話說一下話

隨便誰都好

隨便什麼都可以

其實我沒有那麼醜

是在還是不在

如果我沒有那麼醜可以嗎

還是真的沒差了

大家都真的把我當成敵人了

一個朋友都沒有了嗎
好吧就是長得醜所以被拋棄了
看到遭遇不幸的我你們應該很快樂吧
看到別人不幸也是一種享受

反正都是我的錯

明明睡過了卻還是很想睡

要是我是女生的話警察就願意幫我了吧管理員也願意幫我了吧
要是我長得不是這樣
就有人願意幫我了吧

反正錯的都是我
反正我做什麼事情
都是錯的

這是今天第一百則留言
第一百零一則留言

會是我留的
第一百零二則
也會是我的
第一百零三則

一百零四

一百零五

要是我做了一件大事
你們就會出現了吧

一白零七

要是我做了一件大事
你們就會後悔沒有阻止我了吧

一百零九

要是我做了一件大事
你們就會得到教訓了吧
你們就會看見我了吧
你們就會真正看見我了吧

第二十一場：
賣場

（賣場中只有女店員一人。小智上場。）

女店員：歡迎光臨，請問有什麼可以為您服務的嗎？
小　智：你們附近有壽司店嗎？
女店員：從正門出去左轉第二個路口有一家迴轉壽司。
小　智：好吃嗎？
女店員：這個我不清楚，不好意思。
小　智：謝謝。

（小智離場。不久後又上場。）

女店員：歡迎光臨，請問有什麼可以為您服務的嗎？
小　智：你們附近有叫計程車的地方嗎？
女店員：從側門出去正對面就有一排可以等車的地方。
小　智：我剛剛經過的時候都沒看到車。
女店員：這個我不清楚，不好意思。
小　智：謝謝。

（小智離場。小智不久後又上場。）

女店員：歡迎光臨，請問有什麼可以為您服務的嗎？

小　智：你們的刀放在那一區？

女店員：你是說刀具嗎？從這邊直走左轉第二區就是了。

小　智：你們的刀具有什麼種類？

女店員：這個我不清楚，那邊會有負責的人員幫你說明。

小　智：如果我想買六把可以嗎？

女店員：那邊會有負責的人員幫你……

小　智：我要買來送朋友的，我有很多朋友。

（小智離場。）

第二十二場：
留言板VII

智：醒來了，澈澈底底地醒著

明明睡著比較好

不安，對還有所期待的自己感到

不安

幸福就是放棄一切

幸福只會產生怨恨

房間好大

房間如果跟我的身體一樣大

寂寞就不會擴散

明亮的房間

不明亮的心

大家都在躲避我

要是我做了這件大事，大家就會說：「一定是他做的」

大家就會看見我

我要做一件大事

讓大家真正地看見我

昨天終於跟人說到話了
跟人說話真好
她還介紹我一家
好吃的迴轉壽司

後來我買了六把刀子
我把其中一把送給一個認識的人
他收到的時候覺得很酷
看他的表情
我就知道我又成功做了一個哏
原來我還能取悅人

聽說一個人的一生當中有三次受歡迎的時期如果是我的話大概就是小學四年級五年級跟六年級吧會這樣想不是沒有道理因為那個時候媽媽寫的作文得獎了媽媽畫的畫也得獎了然後在媽媽的強制之下考試結果也超級完美對於小學生來說如果不看長相的話簡直就是大紅人不過這一切跟我一點關係都沒有

總之都是我不對
不對的都是我
一切不對的都是我
好我知道了

所謂的不幸就是對我來說最好的朋友永遠把我當作他的第一百名朋友

好我知道了

人人生而機會平等所以是我錯失了我的機會還是機會還沒出現或者是機會出現過我卻不知道但是不可能好我知道了

現實一個人，網路一個人

牙齒好痛
頭好痛
腰好痛
肚子好痛
手好痛
膝蓋好痛
一個人好痛

年紀也差不多了能去的地方只會減少因為我的臉到哪裡都需要臉
臉。臉。臉。臉。臉

如果有另一個他在就好了另一個他就是全部有一個他在就不用辭掉工作就可以好好過人生既沒有外在也沒有內在的人還能被允許繼續在這個世界上

呼吸嗎

好像要下雨了

街上到處都是準備犯罪的人
到處都是我的同夥
我知道你們我認識你們
只要拉開某個神祕的引信
大家就會開始彼此殺害

愛一個人愛得太深會因為怨恨而殺了他太過孤獨又會想殺人
好難，真的好難
隨便誰都好
真的
隨便誰都好

永遠的愛
不存在

在零與一之間無止盡的往返
在死之前是一個人
在死的時候是一個人
傀儡般的每一個人
彼此競爭的每一個人
孤獨與快樂的不可共存

走吧，總之
先走再說

雨天有一種味道
喜歡這種溼潤的味道
就快要重生了
好像可以聞到重生的味道

不會停下來
不想停下來
光是呼吸本身就是一種痛苦
不想要再依賴別人
我要靠自己
做一件大事
我要靠自己
做一件
大事

到了
放晴了
街上好熱鬧
好多人
到了
終於

我到了
這裡到了
時間到了

第二十三場：
我們在此相遇II

（城市中流動的景色與聲音。）

（一名婦人帶著一束白色鮮花走到場中央，像是在確認地點是否適合，她把花放在自己覺得適合的地方，然後茫然地離場，走到一半又想起什麼似地回頭看。此時另一名男子也拿著一束白色的花放在婦人放花的地方。一名男子身上掛著「free hug」的牌子，站在場上等待，但是沒人理他。一名女子彷彿在等待男友似地東張西望，掛著「free hug」的男子以為那名女子要與他擁抱，但是女子接起手機後離去。放置白花的婦人走到掛著「free hug」牌子的男子前面，看似想要與他擁抱，但就在擁抱前一刻一名拿著麥克風的記者追了上來，婦人倉皇逃開。）

（場上淨空。）

（一名女子慢跑與一名中年男子交錯，他提著手提音響放著音樂散步走過。遠處垃圾車音樂響起，兩位民眾提著垃圾袋前往垃圾車音樂方向，隨後一個人急忙帶著垃圾袋衝出。垃圾車音樂漸漸遠去，中年男子提著音響離開。一名上班族在場上撥打手機，發現沒人接聽，又打了兩、三通，仍無人接聽即離場。另一名上班族也到上一名上班族站的地方撥打手機，也是打了兩、三通都沒人接聽。行人們走過，當中有人邊走邊補妝，有人撐起雨傘走到一半才發現沒有雨了又將傘收起，有人走到一半鞋帶鬆掉而蹲下繫鞋帶，有人提著大小購物袋，有人穿著雨衣，有機車騎士戴著安全帽走過，有年輕學生尖叫追逐。）

（場上淨空。）

（眾人在場上以各種姿態走走停停，來來去去。）

（場上淨空。）

（捷運列車進站聲，開門聲，關門警示聲，關門聲，列車離站聲。燈暗。）

（劇終。）

在世紀末不可能發生的事

人物

蘇彥博：男。約 30 歲。

黃心怡：女。約 30 歲。

蘇父：蘇彥博之父。名為蘇正清（全名只會出現在書法落款處）。

蘇母：蘇彥博之母。

黃父：黃心怡之父。

黃母：黃心怡之母。

時空

自 1999 年十二月到 2000 年夏天的臺北。

說明

在適當情境中，黃父、黃母、蘇父與蘇母在語言上除了華語，也可以考慮使用臺語，或是華語、臺語交錯使用。

第一場：
1999年十二月中

（心怡家。黃父看著電視，電視上播著2000年總統選舉造勢的報導，但是聲音很小。黃父看得入神。電鈴響，黃母出去。黃父起身，看似在檢查門窗，把門窗皆鎖上。不久，黃母敲門，按電鈴。黃父不動，心怡現身，開門。黃母進，心怡拿著包裹進，將包裹拆開。）

黃母：（對黃父）你剛剛……算了（欲言又止。對心怡）又是書了？（頓）是什麼書？英文的書？考試要用的？
心怡：爸看電視怎麼聲音都開那麼小聲？
黃母：哎喲，拜託，新聞看來看去都那些，而且很吵耶。
心怡：（對黃父）聲音不開大一點嗎？

（黃父不回答。）

黃母：人家喜歡就好了，管那麼多。

（心怡欲離場，沒有把拆掉的包裹收走。）

黃母：喂，垃圾放在桌上自己收走。長那麼大了還要別人提醒。

（心怡把裝書的紙盒收走。）

黃母：家裡就是要保持乾淨，又不是住旅館。好像妳媽就只是幫妳打掃旅館房間的掃地阿姨。

心怡：收好了啦。

（心怡離場。黃父依然專心看著電視。）

黃母：新聞播來播去都那些，有什麼好看的？

黃父：不會呀，我覺得很好看。

黃母：又都是選舉的新聞⋯⋯（頓）聽說板南線在聖誕節之前會通車，要不要跟心怡一起去嘗鮮一下？你還記得之前淡水線剛通車的時候，我們不是也一起去坐過？臺北真的變了好多⋯⋯臺灣也是。二、三十年前哪能想像有什麼總統選舉，把臺灣變成⋯⋯（頓）欸，你剛剛忽然把門鎖起來，還好是心怡在家，不然我要怎麼進來？

黃父：出門就是要把門窗鎖好。

黃母：出什麼門？我只是去拿個包裹。

黃父：（堅定地）門窗就是要鎖好。

（沉默。心怡從房間出來。）

心怡：你們剛剛在聊什麼？

黃母：就聊到捷運要通車啦，聖誕節前，我想說⋯⋯

心怡：喔——板南線喔？那應該會人擠人吧？臺灣人就是愛一窩蜂，真的很受不了。（頓）對了，妳剛剛要說什麼？

黃母：……我是說，妳聖誕節有什麼打算嗎？

心怡：彥博有約我了。

黃父：博彥嗎？

心怡：是彥博啦，不要每次都叫錯別人的名字。

（黃父又起身檢查門窗。）

黃父：都鎖上了嗎？

心怡：都鎖了都鎖了。剛剛還把媽鎖在外面你都不知道？

黃父：門窗就是要鎖緊。

黃母：都鎖緊了，我們都檢查過了。

（黃父繼續看電視。）

心怡：（對黃母）欸，昨天跟 Emily 吃飯。她都在英國念完書工作一陣子回來了。結果妳知道她跟我說什麼嗎？她說她好不適應臺灣……怎麼會有人說這種話？我不懂……

黃母：Emily 是……大學同學啊？

心怡：對呀，她人在英國的時候也沒特別聯絡，沒想到還記得我。（頓）妳沒注意到有新的茶葉嗎？就是 Emily 送的。我還以為妳有泡，想說已經被打開了。

黃父：是我泡的。（頓）很好喝。

（黃父喝了口茶，繼續看電視。）

心怡：還有嗎？
黃父：廚房裡面應該還有。
心怡：喔，好⋯⋯
黃母：英國茶噢，感覺應該不錯吧，英國下午茶不是很有名？
心怡：大概吧。

（沉默。黃父離場。）

黃母：真不知道那些選舉的新聞有什麼好看的。

（頓。）

心怡：有件事情要跟妳說，最近我跟彥博聊到，或許可以安排時間跟他的父母見個面。
黃母：可以呀。看決定什麼時間地點再跟我說，都方便。
心怡：這是爸第一次跟他們見面。
黃母：（笑）我知道呀。（頓）妳有跟彥博說到家裡以前的狀況嗎？
心怡：當然有呀，都相處那麼久了。
黃母：爸爸的狀況在不同時期都不一樣，沒講清楚會給人家留下錯誤的印象。
心怡：我說得很清楚。
黃母：那他怎麼說？
心怡：他沒說什麼。他只問我在意嗎？

黃母：那妳怎麼回答？
心怡：我比較在意他爸媽會怎麼想。
黃母：爸爸的情況會穩定下來的。
心怡：妳是不是又沒給他吃藥？
黃母：他沒事了吃什麼藥？一直吃對身體不好。
心怡：這樣叫作沒事？沒事會忽然把妳關在外面？
黃母：還不是要幫妳收包裹，那以後包裹妳都自己去收，我才不要當妳的傭人。

（沉默。）

心怡：所以見面的事情呢？
黃母：我再來想要怎麼安排。

（沉默。）

心怡：不會怎麼樣吧？
黃母：什麼東西怎麼樣？妳這樣講話我怎麼聽得懂？
心怡：沒事……
黃母：對了，彥博不是有個哥哥在美國，他怎麼樣了？
心怡：聽說娶了個美國太太。
黃母：妳之前是說他大學之後就過去留學了？
心怡：對。
黃母：……這樣彥博有沒有可能之後也去美國呀？
心怡：如果我們去的話呢？

黃母：妳想去嗎？
心怡：……我認識的人都在國外了。
黃母：所以妳英文考試要好好準備。（頓）我不是要給妳壓力，也知道妳不想多說是想要自己準備。（頓）總之，妳想做什麼，我都會支持。
心怡：我在考慮……申請美國的電影學校。
黃母：電影學校？哪一間？
心怡：還不確定，都先申請看看。妳覺得意外嗎？
黃母：不會啊，之前妳不是也……
心怡：那妳會覺得可惜嗎？如果我把學校的行政辭掉？
黃母：問我？妳不覺得就好了。

（心怡笑。沉默。黃父拿著兩杯茶上場。）

黃父：試試看。
心怡：噢，謝謝……

（黃母與心怡喝茶。）

黃母：好香噢。
心怡：真的。
黃母：啊！
心怡：幹嘛啦？
黃母：我忘記我晚上不能喝茶喝咖啡了，會睡不著。
心怡：哎喲，妳才喝一口。而且是爸特地泡的。

黃母：那再喝個幾口就好。

（黃父繼續看電視。）

黃父：（彷彿陷入回憶）他在選市長的時候啊……我還有去幫忙監票，那個時候我們每個人都要準備一支手電筒，就是怕會停電，也不能喝水，不能去上廁所，眼睛要一直看著票櫃，一直看，一直看……

心怡：（對黃母）「他」指的是誰啊？不會是陳水扁吧？

黃父：然後啊，有一次政見發表的時候，他的對手居然自稱是臺灣水牛，他就回說水牛會亂吃草，對方就說他這隻水牛不會亂吃草，結果他說這隻臺灣水牛會被國民黨牽著鼻子走，哈哈哈。

心怡：（對黃父）「他」是誰啊？（對黃母）「他」到底是誰啊？

黃母：以前的臺北市長……很久以前了……

黃父：最經典的一次啊，是他在發表政見的時候大叫說：「我要把總統府上面的國旗拔下來！插在南京的總統府上！」

心怡：（又疑惑又覺得好笑）南京的總統府！

黃父：我要把總統府上面的國旗拔下來，插在……

（黃母把電視關上。）

黃母：可以了。很晚了，選舉的新聞也看夠了。（頓）不要太晚休息。

（黃母離場。）

心怡：爸……

黃父：怎麼了？

心怡：……茶很好喝。

黃父：妳不怕睡不著？

心怡：（笑）我都習慣睡覺前喝咖啡的，這茶算得了什麼？（頓）謝謝。

（傳來奧黛莉・赫本所唱〈Moon River〉的音樂聲。）

黃父：什麼聲音？

心怡：大概是媽又在放音樂了。（頓）爸，你最近是不是有來臺大？

黃父：臺大？臺大，噢，只是過去走走。

心怡：下次要來的話可以先聯絡我呀。

黃父：只是去走走，走一走……以前我還是學生的時候，舟山路那邊都還有房子……

心怡：有，你有說過。

黃父：椰林大道……還有杜鵑花……妳媽年輕的時候，在杜鵑花盛開的時候，我們會……（失神）他們都去美國了，去美國了……只有我們……

心怡：我們什麼？

黃父：我剛剛說了什麼？

心怡：椰林大道，杜鵑花，去美國。

黃父：噢……嗯……（若有所思地點了點頭）

（沉默。）

第二場：
1999年聖誕節前夕

（臺北天母的咖啡店。傳來奧黛莉・赫本所唱〈Moon River〉的音樂聲。）

心怡：欸，這首是我媽最喜歡的老歌之一。她平常沒什麼特別的興趣，就是喜歡聽老歌。

彥博：對我們而言的老歌，對妳媽來說，或許是她青春的回憶。

心怡：對耶，天啊，你說得好有道理。（頓）天母果然很有美國的感覺。如果在美國過聖誕節不知道會是怎樣的氣氛？

彥博：那就看妳申請學校的結果怎麼樣囉，搞不好明年就有機會。

心怡：資料都寄了。大概就等過年後吧，有通知的話。（頓）對了，我有跟你說過算命的事嗎？

彥博：不確定耶，哪一次算命？

心怡：我大學剛畢業的時候有去算過一次，問說之後有沒有可能出國繼續念書或是工作。

彥博：對，話說妳那個時候也有申請過……那算命的怎麼說？

心怡：他說三十歲左右會有機會。

彥博：所以……這樣應該算準吧？

心怡：可是對方要我注意一件事情。

彥博：是……？

心怡：他叫我不要碰政治，不然會有影響。（頓）我當時就想，天啊，我看起來像是會碰政治的人嗎？

彥博：不像啊，那就沒什麼好擔心的啦！

心怡：可是你不覺得很怪嗎？

彥博：哪裡怪？

心怡：「不要碰政治」這五個字從一個算命的口中講出來，就讓人覺得莫名地……怪。

彥博：……會不會跟他的年紀有關？

心怡：不知道。唉，要是臺灣是美國的一部分就好了，就不用煩惱那麼多問題。

（兩人笑。）

彥博：對了，上次說的見面的事……所以妳媽就決定由她來安排？

心怡：嗯，她說先在家裡喝個茶，她也先請一個認識的店家留了位子。

彥博：我看過伯父幾次，都感覺不太出來什麼……有什麼太大的……

心怡：我小的時候可不是這樣。（頓）你有跟你爸媽說嗎？關於這方面？

彥博：我沒說。

心怡：幹嘛不說？

彥博：我看就沒事嘛，特別說出來很奇怪。除了經常叫錯我的名字之外……

心怡：沒事的話當然很好，但是最近……

彥博：最近怎麼了？

心怡：沒事。（頓）不過最近你來的時候，你跟我爸都在他的書房裡講些什麼啊？看他好像很喜歡跟你講話。

彥博：他會問我有沒有讀過三民主義。

心怡：三民主義！你認真的嗎？

彥博：真的啦，騙妳幹嘛？

心怡：還有呢？

彥博：還有國父思想……噢，他上次還問我認不認識那個……殷什麼……

心怡：殷什麼？

彥博：我真的完全忘了，然後妳爸就跟我說了一長串東西……妳那麼有興趣下次也一起進來啊。

心怡：（立刻反應）我不要。

彥博：不要就不要，幹嘛反應那麼誇張。

（心怡笑笑，不置可否。）

心怡：啊，有個荒謬的問題要問你，就是那個……話說你爸跟你媽到底是做什麼的？

彥博：是滿荒謬的，我們都交往多久了？

心怡：只知道他們是退休的公務員就夠啦，誰會有興趣知道那麼多細節啊？只是想說雙方父母要見面，才忽然發現我居然都不知道。

彥博：喔……我爸好像是法官吧。

心怡：「好像」是法官？我說這位先生你的荒謬程度也不遑多

讓啊。

彥博：因為他最早的時候好像不是，不過應該是類似的工作，後來才……不過我真的不太清楚，只是印象中有聽過他們在講。然後我媽在國史館……

心怡：也是好像？

彥博：這個我比較確定。

心怡：唉，好，知道了。

彥博：他們也不會在家裡多講什麼工作的事……這樣是正常的吧？

心怡：算吧。何況都退休了。

彥博：我是知道妳媽之前在國中教書，也僅止於此。至於妳爸嘛……

（心怡無意多說。）

彥博：不過……妳爸之前是因為什麼才變成像……那樣？

心怡：受到意外的刺激……我媽是這樣說的。

彥博：可是精神方面的東西，總是有個具體的事情還是什麼的吧？

心怡：我不知道……

彥博：妳是真的不知道還是假的不知道？

心怡：怎麼忽然問那麼多？

（沉默。）

心怡：其實我跟我爸一直都有一種莫名的陌生感。有好幾次在臺大裡面看到他，都不知道要不要打招呼。

彥博：他是妳爸耶，有什麼好猶豫的？

心怡：他也不是來找我的。他在那邊走路的樣子，就是活在自己的世界裡，好像隔著一層玻璃。（頓）而且他最近……他最近會一直檢查家裡的門窗有沒有關緊。

彥博：怎麼會這樣？

心怡：不知道。（頓）難道會是選舉的氣氛嗎？他一直都在看選舉新聞。

彥博：有些人是真的比較容易受到影響。

心怡：我應該有說過吧，我覺得我大學之前的生活好像是一片空白，我幾乎想不起來我到底是怎麼生活過來的，除了……

彥博：除了什麼？

心怡：我唯一記得的，就是國小五、六年級的時候，有跟他玩過鎖門窗的遊戲。

彥博：遊戲？

心怡：小時候沒想那麼多，就覺得那是一種遊戲。

彥博：那後來呢？

心怡：沒有後來，後來我就長大了。（頓）在臺大念書的時候，其實偶爾會看到他出現在校園裡面。

彥博：……妳之前都沒說過。

心怡：我沒說過嗎？那個時候他在當清潔工。（頓）其實我知道他在外面有一份工作，但是我沒多問細節。

彥博：妳媽總該知道吧？

心怡：她說是我爸自己找的工作，因為他可以找的工作也不多，這是他想做的，剛好也有些清潔公司會提供機會給這種……（不想多說，打斷自己）我媽還說，他去面試的時候還特地裝扮了一下。

（沉默。）

彥博：我可以問一下……所以妳爸以前是念臺大嗎？
心怡：……他是。
彥博：噢……
心怡：噢什麼噢？
彥博：覺得反差滿大的。

（沉默。）

心怡：我好像一直有一種想要離開這裡的欲望，但是我不知道為什麼我會有這種想法，這個念頭……
彥博：離開這裡？
心怡：這裡——臺灣——為什麼我的朋友同學們都可以出國，我卻只能一直待在臺灣，而且還是待在原本的學校裡做行政工作……？
彥博：又沒什麼不好，妳這種比較的心態跟中學生很像欸。
心怡：那些聯考分數比我低的人都可以了，憑什麼我不可以？
彥博：我就說吧，就是這種想法。
心怡：我沒有在比較，我真的沒有在比較……
彥博：但是妳就是在比較啊。
心怡：……該不會我的人生就要這樣結束了吧？
彥博：什麼東西啊，講得那麼誇張，而且以現實來說——妳已經在往國外的目標前進啦。（頓）不過很開心，妳今天說了這些。

（遠方傳來煙火的聲音。）

心怡：真的嗎？
彥博：真的啊。
心怡：（注意到煙火的聲音）有人在放煙火。
彥博：有人在放煙火。
心怡：真漂亮。
彥博：真漂亮。
心怡：幹嘛學我說話？
彥博：幹嘛學我說話？

（兩人笑。沉默。）

彥博：（拿出準備好的聖誕禮物）送妳的，Merry Christmas。
心怡：（收下聖誕禮物）Merry Christmas。

第三場：
2000年一月

（彥博家。牆上掛有兩幅書法作品，一幅寫有「一切有為法如夢幻泡影如露亦如電應作如是觀」，另一幅寫有「無罣礙故無有恐怖」。同時可聽見從書房流出的心經誦經聲。蘇母插花，彥博看著牆上的書法。）

彥博：爸學書法學多久啦？

蘇母：很久了，退休前就已經在學了。（頓）怎麼忽然問這個，平常看你對你爸也沒什麼興趣。

彥博：嗯……就隨口問問。

蘇母：不過會主動關心就是件好事。你直接問你爸他會很高興的。（頓）倒是你看我學插花學了那麼久，好像也很少說過什麼讚美的話……

彥博：噢，我自己沒發現。（頓）妳需要嗎？那我應該說什麼？（頓。觀察了一下蘇母的花作）很漂亮。

蘇母：噢，是喔，謝謝。

彥博：我以為妳很有自信不需要別人說什麼。

蘇母：自信是有自信，但是好聽的話還是可以聽一下。

（蘇母把完成的花作放到適當的位置上。）

蘇母：之前你爸在工作的時候，剛好有位學長會書法，就跟著去學了，一開始只是想說當成一種交際的方式，沒想到後來還真的變成了興趣。（頓）怎麼了，看你有事要說？

彥博：就是跟心怡家人見面的事……

蘇母：噢，對，不過最近快過年了，可能要等過年後了。（頓）心怡自己工作應該也在忙吧？她不是也在準備出國嗎？還好嗎？

彥博：說是大概過年後會有消息。

蘇母：她那麼優秀，一定沒問題的。不過既然要出國，在出國前把該處理的處理一下也好。

彥博：我們是想說登記就好。

蘇母：不宴客嗎？跟你哥一樣？那怎麼行！你爸那邊那麼多親朋好友長官上司師兄師姊，要是他們知道這次又這樣——

彥博：心怡說她不想。

蘇母：為什麼？

彥博：他們家好像沒有在跟什麼親戚朋友往來了。

蘇母：……怎麼會？（頓）真是奇怪，我還是第一次聽說。

彥博：這方面她有點神祕。

蘇母：難怪我一直覺得心怡身上有一種——說不出來的東西，這你不要跟她說，我只是想到說說而已。

（蘇父從書房出來。）

蘇母：剛好你出來了，正好才說到要跟心怡父母見個面的事情。

蘇父：噢——你們去安排就可以了。

蘇母：每次都說你們去安排就可以了，聽起來一副事不關己的樣子。

蘇父：哪裡不關心？只是我關心的層次不一樣。上禮拜去中台禪寺惟覺老和尚那裡，他才開示說佛教參與政治，叫做動中修行。我們是國事、佛事、天下事，事事關心。

彥博：直接說支持國民黨就好啦，講那麼多。

蘇父：就佛教的世界觀來看，選舉其實也只是眾多因緣當中的一種，佛教徒應該要主動站出來替臺灣修福報，投給有福分的人。

彥博：這種說法……有差嗎？

蘇父：臺灣過去之所以可以安定五十年是誰的功勞？這種福分當然要珍惜。

蘇母：總之你爸的意思是，講選舉輸贏太 Low 了，重點是業力福報的問題。

彥博：但是我今天才看到新聞說媽祖支持宋楚瑜耶？

蘇母：唉，越接近選舉荒謬的事情就越多。之前才看到報導說什麼情侶因為政治立場不同，喝醉酒之後吵著吵著跑去跳崖，還有什麼人妻拋下丈夫去追逐自己心儀的候選人……真的是很誇張。

（彥博手機響。）

彥博：接個電話。

（彥博離場。）

蘇母：彥博剛剛說心怡家那邊不想宴客，之前彥均也是這樣，在美國就直接登記了，好像我們都只有被告知的分。

蘇父：彥均一直都很忙吧。他不是考慮要離開美國，準備要到中國大陸去，說是美國汽車產業正在下滑，未來的機會還是在大陸。

蘇母：對呀，哎，比起彥博，彥均還是比較有在想自己的未來，大學要念什麼都自己決定，連太太都娶了，還是個美國人，要是快點有孫子就好了。至於彥博啊……

蘇父：當初畢業他說他也想去美國，還不是因為妳想把他留在臺灣。

蘇母：他才不是因為我，是因為心怡那個時候獎學金沒考到才沒去的。

蘇父：但妳不也鬆了一口氣嗎？

蘇母：真是奇妙，好像每個在臺灣的人都有一個美國夢？從我們年輕的時候就是這樣——

蘇父：哪有每個人都想去美國？像我就沒有。

蘇母：畢竟你是要表現自己的忠黨愛國，不過對於自己的小孩倒是巴不得一出生就把他們送出去。

蘇父：彥均出國那天妳還記得吧？時間過得真快。

蘇母：是啊，好像才一眨眼，就要下一個世紀了。

（沉默。）

蘇父：話說，最近書法班的人有問到妳的近況。

蘇母：怎麼了嗎？

蘇父：他們想跟花藝班辦一個聯展。

蘇母：那很好呀。

蘇父：他們想問妳會不會有興趣參加。

蘇母：應該不會吧，我現在覺得改學日本花道滿不錯的。他們應該不喜歡小日本的東西。

蘇父：小日本？

蘇母：他們不是都這樣說嗎？大中華，小日本。

蘇父：我聽都沒聽過。

蘇母：我知道他們心裡在想什麼。（頓）當初把你介紹到書法那個圈子也是靠我在插花時認識的一些太太們，要是你不多去 social 一下，會有你後來的好日子嗎？

蘇父：是是是，我不是一直都表現得很好嗎？

蘇母：是嗎？剛開始在法庭工作的時候……算了，總之，也不用改朝換代了都還在跟他們好。

蘇父：改朝換代？選舉結果都還沒出來，更何況改朝換代又怎麼樣？不過換了個頭，身體還不是一樣？

蘇母：我根本沒什麼言外之意，幹嘛那麼敏感？不過以前上插花課的時候啊，那個老師會這樣：（模仿之前花藝老師的口氣）「插花的時候，要感恩尊重生命愛，老師不是有說嗎？要懂得捨得，彼此成就，有捨才有得，插花是這樣，人生也是這樣……同學妳這個作品有很多圓形，就好像我們都有很多緣分……」（笑）什麼跟什麼！越想越荒謬。

（彥博上場。）

彥博：那個……我剛剛在廚房好像有看到蟑螂……
蘇母：蟑螂？

（蘇母離場。從廚房傳來拍擊的聲音，還有蘇母叫著：「打死你，打死你」的聲音。）

彥博：明明已經有一陣子沒看到蟑螂了。
蘇父：大概又是從哪個水管爬上來的。
彥博：天啊，好噁。
蘇父：你是沒打過蟑螂嗎？
彥博：都是媽在打。
蘇父：也是，她平常殺生殺習慣了。
彥博：殺生？
蘇父：插花把花剪來剪去不算是一種殺生嗎？
彥博：剛剛看她剪得很快樂。
蘇父：那你去唸一下往生咒。
彥博：往生咒？什麼往生咒？

（蘇父唸起往生咒。）

彥博：等一下，我記得之前打蟑螂都不用唸往生咒，為什麼現在要開始唸？
蘇父：那是之前不夠講究。而且唸往生咒，可以把功德迴向給冤親債主，平常沒事也可以多唸。
彥博：喔……（看著牆上書法作品）那個……這些書法……看久

了好像別有一番味道。

蘇父：（笑）那是當然的。書法班的人說明年春天要辦一場展覽，我想可能會用到這些作品。

彥博：展覽？聽起來很厲害，我不知道原來……

蘇父：我沒說你當然不知道。那……剛剛有聽媽媽說到你跟心怡的事。人生又到了另一個階段，果然是冥冥之中自有上天保佑，要記得向無形界表示感恩。其實有很多神明就在我們身邊辦公……

彥博：喔……（向四周）辛苦各位了，但是有形界也很重要吧？

蘇父：那是當然！我懂，有什麼問題儘管開口，只要是爸爸辦得到的，一定會啊，這個……

（兩人好像找不到話題。）

彥博：那……剛剛說到往生咒，要教我嗎？

蘇父：對，往生咒。那你跟著我唸。

（蘇父教彥博唸往生咒。）

第四場：
2000年三月上旬

（心怡家。）

黃母：彥博他們家應該喝茶吧？

心怡：不知道，應該會喝吧。

黃母：妳認識他那麼久，他都沒喝過茶嗎？

心怡：印象中都是喝咖啡。

黃母：不過這茶滿好喝的，應該沒問題吧。

心怡：哎，搞不好人家根本不在意。不用把自己搞得神經兮兮的。

黃母：也是，哈哈。

心怡：倒是爸，之前跟他說今天的事情，他好像沒什麼特別的反應。

黃母：就平常心吧。

（電鈴聲。）

心怡：我去開門。

（心怡離場。不久後跟彥博、蘇父、蘇母上場。彥博手上提著伴手禮。）

彥博：伯母好。（對蘇父跟蘇母）這是心怡媽媽。

蘇父／蘇母：妳好。

黃母：坐啊坐啊，先坐下來聊。

（眾人就座。）

彥博：（拿出伴手禮）這是咖啡跟瑞士卷。咖啡是我哥的太太從美國寄過來的，瑞士卷則是最近很火紅的那家。

黃母：喔，對，這家最近好像真的很紅。

蘇母：剛好有認識才買得到。（頓）只是咖啡不知道你們平常喝不喝？

黃母：喝啊喝啊。

蘇母：那就好……拿過來之前稍微猶豫了一下，但是彥博說沒問題。

黃母：那你們喝茶嗎？

蘇母：喝啊喝啊。

黃母：那就好……我們也是稍微猶豫了一下。

蘇母：（禮貌性笑了笑）噢……

心怡：那我們先去準備一下。

蘇母：不好意思——

蘇父：麻煩了——

（心怡跟黃母拿起伴手禮袋子離場。蘇父、蘇母與彥博在場上，沉默。蘇母看了看四周，發現了很多六、七零年代的唱片。）

蘇母：哇，心怡家很多老歌的唱片——好像都是我們年輕時候流行的音樂。

彥博：聽心怡說聽老歌是她媽媽的嗜好。

蘇母：真的很多——有姚蘇蓉的〈今天不回家〉，還有〈家在台北〉、〈像霧又像花〉——這裡還有不同版本的〈Moon River〉——（對蘇父）我們多久沒聽這些歌了！

蘇父：噢，是啊。彥博知道這些歌嗎？

蘇母：〈今天不回家〉總該知道吧！

彥博：哪首啊？

（蘇母哼唱了一段〈今天不回家〉。）

彥博：喔——我知道我知道——

蘇父：喂，我們現在是在別人家。

蘇母：一興奮起來差點忘了。（頓）不過，怎麼好像沒看到心怡的爸爸？

（黃母跟心怡端著茶跟瑞士卷出來。）

黃母：大家不用客氣呀——

蘇母：剛剛才在說你們家有好多我們那個年代的唱片，好令人懷念——

蘇父：那個年代啊……臺灣經濟剛要起飛的時候……

蘇母：是啊，靠著美國人 Uncle Sam 的錢。

黃母：噢……大概是吧？我不會去記這種經濟啊、政治什麼的東西，歌好聽就好……

彥博：伯父還沒出來？

黃母：剛剛有跟他說了……

蘇母：啊，說到美國——我都忘了要跟心怡恭喜，聽彥博說妳美國電影學校那邊有好消息——

心怡：謝謝，只是運氣好——

蘇母：哪裡！是妳本來就很優秀！正好在出國之前把該辦的事情在臺灣辦一辦。

心怡：我跟彥博也是這樣想。

（黃父上場。）

心怡：爸，這是彥博的爸爸跟媽媽。

蘇父／蘇母：你好你好。

（黃父以肢體表示禮貌，但並不說話。黃父就座。蘇父與黃父雙方似乎認出了什麼。）

黃母：大家吃啊，剛剛大家都沒動手，別客氣。

心怡：（吃了瑞士卷）這瑞士卷真的是滿好吃的，果然是名不虛傳。

彥博：而且跟茶很搭。

蘇母：太好了。

黃父：（低聲）放我出去。

（沉默。）

蘇母：剛剛是不是有什麼聲音？
心怡：沒有啊，哪有什麼聲音？
蘇父：好像是人的聲音……？
黃母：可能是鄰居在說話吧，有的時候隔音沒有很好……
蘇母：（表示理解）喔……
黃母：對了，剛剛你們說到那個咖啡呀，是從美國寄來的，所以彥博的哥哥現在是在……？
蘇母：對呀，哥哥叫彥均，現在在美國，大學畢業之後去留學，就在美國待了下來。
黃母：喔，那彥博之前沒有想過要去美國呀？（頓）也好啦，留在臺灣陪父母。
蘇父：我們都是一切尊重他們的意願。
黃母：像心怡呀，就一直很嚮往美國……
黃父：（低聲）放我出去。
黃母：（故意裝作沒聽見）現在總算是有機會去美國了，不然她常常在說哪個朋友去了英國，誰誰誰又在日本啊，德國、澳洲什麼的。
心怡：（轉移話題）這些你們吃完的話，廚房裡面還有。
蘇母：沒關係沒關係，也不能吃太多，剩下的你們還是留著吃。
彥博：而且不是說傍晚已經有訂了一家餐廳？
黃母：是呀，等下時間差不多就可以過去了。
蘇母：是怎樣的餐廳？
心怡：川菜店。聽彥博說你們家愛吃辣？

蘇母：我還好，他爸爸比較愛吃辣。
蘇父：最近也比較少吃了，不過偶爾吃點沒問題。

（沉默。）

蘇母：（笑）黃爸爸怎麼好像都沒說到話？
心怡：沒有啦，他只是比較喜歡聽大家說話⋯⋯
黃父：放我出去。
蘇母：（不確定地）欸？黃爸爸剛剛說了什麼？
黃父：（起身）我們雖然鬥不過共產黨，但是對付你們還是綽綽有餘。
蘇母：發生什麼事了嗎？
心怡：（試圖安撫黃父）爸你先坐下，你看人家都坐著，你一個人站起來很奇怪。

（黃父走到蘇父後方。）

黃父：我們來的那一天，就是鬥爭的開始，我們要用你們的床，睡你們的女人，你們有種來報仇好了！
黃母：不好意思。（起身到黃父身邊）來，我們好好坐下來。

（黃父身體僵硬，黃母即使硬拉也無法移動黃父。）

黃父：走開！走開！放我出去——放我——出去。（掐住蘇父同時大叫）我肏你媽的，你竟然說你不知道，什麼事情都死不承認！我肏你媽的！

心怡：（協助黃母）爸你不要這樣，人家是彥博的爸爸……

黃母：爸爸，我們還是先進房間好了，你不要這樣……

心怡：彥博，來幫忙一下！

彥博：（協助黃母與心怡）伯父我們先進房間喔……

（彥博協助黃母跟心怡將黃父強拉到房間內。但是仍可聽見黃父的叫聲自房間內傳出。蘇父咳了咳幾聲。脖子還因為剛才被掐住有些不舒服。）

蘇母：（對蘇父）你還好吧？

蘇父：還好。沒什麼。

蘇母：（感到莫名所以）剛剛這是什麼狀態？這未免也太戲劇化了，簡直就是……dramatic ！（頓）等一下，我們剛剛沒聊到選舉吧？還是說光是選舉的氣氛就讓人變成這樣？我就說吧，選舉真的讓什麼躁鬱症啦憂鬱症啦瘋子啦通通出籠了，還真沒想到給我遇到了。（頓）話說回來，你有看過黃爸爸嗎？

蘇父：怎麼？當然沒看過啊，問這什麼問題？

蘇母：想說他幹嘛針對你？

蘇父：這種行為還需要什麼理由嗎？

蘇母：看起來好端端的，真沒想到……

（心怡上場。）

心怡：伯父，伯母，剛剛真不好意思，我也不知道會這樣⋯⋯伯父你沒事吧？

蘇父：沒事沒事。

蘇母：可能是最近社會整體氛圍比較緊張還是什麼的⋯⋯（頓）彥博呢？

心怡：他等下就出來。

蘇母：妳跟他說我們還是先離開好了，不然我看這種情況，繼續待下去也不太方便。

蘇父：是啊，就跟彥博說一聲吧。

心怡：真的很不好意思。

（心怡送蘇父與蘇母離開之後，回到餐桌整個人沉沉地坐在椅子上。不久，彥博自房間出來。）

彥博：我爸跟我媽呢？

心怡：他們先走了。

彥博：走了？

心怡：對啊，這種情況⋯⋯他們說要先走⋯⋯

彥博：伯父已經安定下來了。

心怡：⋯⋯是嗎？

彥博：嗯⋯⋯他之前會這樣嗎？

心怡：很久沒這樣了。

彥博：很久？

心怡：印象中，小時候，偶爾會⋯⋯

彥博：嗯⋯⋯

心怡：之前你們也見過幾次面，你覺得呢？

彥博：很正常啊。不過滿奇妙的，為什麼他要大叫「放我出去」？他又沒有被關起來……為什麼還要叫「放我出去」？還有什麼……？

心怡：（不耐煩地）我不知道我不知道我不知道……我也是第一次聽到……不是，我當然不是第一次聽到。你看吧，這就是我說的，我小時候——天哪——居然——你懂了嗎？當然，不可能——怎麼會——哈哈哈——偏偏在今天，也不是沒想到——但是，好丟臉——好好笑——你不覺得嗎？（試圖冷靜下來）你不覺得嗎？（頓）今天大概就這樣了，你也先回去吧。

彥博：妳真的沒事？

心怡：（略帶怒意）也只能這樣了。（試圖冷靜）不然怎麼辦？

彥博：確定？

心怡：確定。（頓）我想我還是一個人靜一靜會比較好。

彥博：（略顯猶豫地）好……那幫我跟妳媽……還有妳爸打聲招呼，說我先走了。

心怡：好。

（彥博離場。心怡待在場上沉思。不久後，黃母上場。）

心怡：情況怎麼了？

黃母：看樣子暫時是沒事了。

心怡：真是意外，沒想到會變成這樣……

（沉默。）

心怡：但是爸爸怎麼會忽然叫說放他出去？

黃母：我不知道……

心怡：而且他好像是針對彥博他爸爸。（頓）他們之前有可能見過面嗎？還是有什麼關係？

黃母：不可能吧？

心怡：還是爸爸之前，曾經遭遇過什麼事情？要不然無緣無故說「放我出去」也是滿奇怪的……還有其他那些……？（頓）我在問妳問題。

黃母：什麼問題？

心怡：我不覺得爸會無緣無故發作，一定有什麼原因……（企圖找出連結）會不會是……等一下……我記得彥博說過，他爸退休之前是在當法官，該不會跟這個有關係？意思就是……爸之前曾經上過法庭，還是……被關過？（頓）我在問妳問題。

（沉默。）

心怡：可不可以不要有這個沉默——其實我一直有很多問題，關於爸的，為什麼他會不在家，直到我國小五年級才出現——那個時候我不是什麼事情都沒感覺，也不是什麼事情都不會想——

黃母：妳可以問，如果妳想知道——

心怡：我有啊——我小時候有問過，但是妳還記得妳當時說了什麼嗎？

黃母：……什麼？

心怡：妳說……「永遠」不要再問了——「永遠」這兩個字對於當時的我來說，就好像一種詛咒——我要一直假裝——

黃母：我忘記了，我有說過嗎？就算有，也只是一時說說，誰知道妳會——

心怡：所以現在呢？（頓）「永遠」可以結束了嗎？可以讓我的時間恢復正常了嗎？

第五場：
2000年五月

（咖啡店。蘇父坐著，不久後，黃母拿了兩杯無蓋的紙杯裝咖啡上。）

蘇父：謝謝。

黃母：他們說現在只有這種杯子。

蘇父：沒關係。

（兩人靜默了一會兒。黃母喝著咖啡，蘇父則無動靜。）

黃母：不好意思讓你百忙當中還抽空出來。那件事情之後，忙著照顧他，一忙起來就忘記應該要跟你們打聲招呼。

蘇父：妳先生還好嗎？

黃母：有去看醫生，還好。

蘇父：那就好。

黃母：總之，上次發生那樣的事情，很不好意思。

蘇父：這種事情，沒有什麼好不好意思的。

（頓。）

黃母：之前在電話裡面，我有說了一些當時我先生的狀況，但是有些事情，我希望可以當面確認。

蘇父：了解，只要我可以幫得上忙的話。

黃母：所以，你跟我先生是什麼關係……你有見過他嗎？

蘇父：我沒有印象。

黃母：原本我也覺得不可能，但後來聽心怡說你退休之前是在法院工作，所以，有沒有可能，是在某一次的審判還是……？

蘇父：我經手過那麼多案件，不可能會記得。

黃母：但是我怎麼確認到底發生了什麼事情……？

蘇父：如果妳不相信，我也沒辦法。

黃母：我的意思是，這麼多年來他都沒有再這麼激動過，所以我才覺得……

蘇父：為什麼你要相信一個……抱歉我必須這麼說，一個不正常的人？但是卻不相信一個可以正常說話的人？

黃母：不正常……？

（黃母情緒突轉，似乎為了壓抑一種悲憤而呼吸不順。）

蘇父：妳還好嗎？

黃母：（調整呼吸）還好。（繼續調整呼吸）在那之後就會這樣，剛開始比較嚴重，好幾年沒這樣了……

蘇父：不好意思。

黃母：醫生說是因為憂鬱的關係……現在好很多了……

（沉默。）

蘇父：不好意思……要是早知道的話……

（沉默。）

黃母：沒事了。（注意到蘇父都沒喝咖啡）咖啡再不喝就要涼掉了。

（蘇父無故地笑。）

黃母：（喝咖啡）其實，我也不知道該說什麼。（頓）我原本想說，要是今天那個人就在我面前，至少我還可以直接跟他說些什麼……但是……或許就跟你說的一樣，跟你沒關係。話說回來，天底下怎麼可能有這麼巧合的事情呢？（頓）那個時候，我只被臨時通知去開庭一次，我還記得我接到通知的時候，我正在看電視，阿姆斯壯登陸月球。那個時候我有一種很奇妙的感覺，我在想，別人都在月球上了，我卻在這邊。（頓）我還記得到了法庭上，只覺得法官好年輕，大概就跟我差不多大吧——或許，跟你也是類似年紀——

（沉默。）

蘇父：妳相信世界上有善惡對錯嗎？
黃母：什麼意思？
蘇父：沒什麼，只是想說看開一點，對身體會比較好。執著只是起於分別心，要是超越善與惡，人間也能是極樂世界。

黃母：（笑）或許是吧……你不會真的相信你說的話吧？

蘇父：這不是相不相信的問題，這是實相的問題，實相就是如此。

（沉默。）

黃母：嗯……我對這方面是沒什麼慧根。不過幸好你今天跟我說了這些，原本我還擔心你跟我先生之間真的曾經有過什麼瓜葛，沒有就好。本來就不可能呀，心怡想太多也就算了，怎麼我自己也……這種事情怎麼可能……而且，就算是真的，我也不可能……算了，這樣就好。（頓）這樣也好。

蘇父：心怡呢？後來心怡還好嗎？

黃母：影響是一定會有的。事情來得太突然，讓她有點措手不及。

蘇父：妳原本都沒有打算跟她說這件事？

黃母：要怎麼說？（頓）小時候說不了，之後習慣了，就覺得沒說的必要了。

蘇父：終究是上一代的事情。

黃母：其實，心怡畢業的時候有想過要出國念書，考獎學金也不是很順利，明明筆試就很高分……面試分數卻……

蘇父：我能理解，這是有可能的。（頓）其實，放到當時的情況來看，或許妳先生這樣子不算不好……

黃母：什麼意思？

蘇父：如果妳先生真的有犯什麼錯，或什麼罪的話，這樣子的結果不算不好……

黃母：結果？你說什麼結果？

蘇父：因為精神上的狀況提早被放出來——

黃母：他不是因為精神的因素才……是因為蔣介石死了。

蘇父：大赦天下也算是最後的德政，不是嗎？（頓）妳先生做什麼也不一定會跟妳說。這種事情不是沒有，甚至很常見，瞞著妻小去成就自己理想的男人……說真的，也挺令人欽佩的。

黃母：他沒有什麼罪。

蘇父：妳確定嗎？

黃母：他沒有。

蘇父：那為什麼會被抓走呢？

黃母：我不知道……

蘇父：（笑）放輕鬆一點，我現在只是客觀地分析給妳聽，不是說他有罪還是沒罪，畢竟我是過來人。

黃母：我真的不知道……

蘇父：在那個時候每個人的情況都不一樣，有些時候只是因為特務為了要拿破案獎金所以被羅織罪名，或者就將錯就錯。至於法官想要多判或少判也不是自己可以決定的……至於還有一些情況，是親人在便衣特務進到家中的時候，聽到說只是要約去見面聊聊，就告知了行蹤，或者是在威脅之下就提供了些名單，或是資料成為後來的證據，有的時候誰是加害者，誰是受害者都很難說，甚至看似沒有牽連其中的人，可能都是促成了整件事情的一個因素。

（沉默。）

黃母：但是那些人是無辜的，不是嗎？

蘇父：後來的人不一定會這麼看。

黃母：那你怎麼看待他們？他們做的事情……如果是在那種情況下做的事情，就沒有對錯可言吧？

蘇父：所以我才說了，不要有分別心。

黃母：（感到不安地）你想說什麼？

蘇父：我想說的是，我都能了解。

（沉默。）

黃母：所以這不是對錯的問題？

蘇父：我說過了。

黃母：你是不是知道什麼……

蘇父：我已經退休了，審判早就不是我的工作。

黃母：你一定知道什麼……

蘇父：我只能說，我都能了解。

（沉默。）

黃母：（彷彿重回當時的心境，但卻又無法完整訴說）我還能怎麼辦？當時我懷著心怡……看著一群人……問我說……然後我就說了……他們問什麼我就回答什麼……我想著心怡，然後我不知道，我告訴我自己他們說很快就沒事就真的很快會沒事……他會沒事，心怡也會沒事……一切都會沒事……然後我想，只有我知道就好了，不會有別人知道，這樣就好了。

蘇父：如果妳真的遇到了當時參與審判的法官，妳會想怎樣？

黃母：想怎樣……我不知道……（笑）總不能把咖啡直接潑在他身上吧！我不知道……

（沉默。黃母喝咖啡。）

黃母：咖啡真的要涼掉了。（頓）在他被關的那個時候，你知道我探視完之後會做什麼嗎？（頓）我會自己一個人去喝咖啡，靜靜地，在沒有人認識的咖啡店裡，隔著玻璃看著陌生的行人來來去去。（頓）有一次我忽然想到我唯一一次看過的那名年輕法官，我意識到一個細節，就是那個時候他的表情似乎特別僵硬，但是其他比較資深的人卻可以偶爾露出微笑。他的表情讓我想到——或許他不知道他為什麼一定要做這件事，或許就是因為他最資淺才被推出來？我不知道……我在咖啡店裡面的時候，就常常這樣胡思亂想。

（沉默。蘇父依舊不動。）

蘇父：妳有去投票嗎？

黃母：有啊。

蘇父：那妳投給誰？（頓）陳水扁？反正結果都出來了，聊聊也無傷大雅。

黃母：我沒有投給他——當然沒有——

蘇父：嗯……不過世界真的變化得很快，感覺新的時代就要到了，一切都特別浮動。（頓。想到什麼似地）話說前陣子我還被找去補償基金會幫忙。妳應該有申請吧？要是沒有的話，我也可以幫忙。

黃母：申請什麼？

蘇父：妳不知道嗎？不當審判補償基金會。

黃母：我還沒注意到……

蘇父：（笑）幸好今天妳有找我出來，不然就……總之，妳要是覺得狀況符合資格，可以去申請看看，好歹是一筆錢。

黃母：我再看看。

（黃母喝咖啡。）

蘇父：妳平常會唸經嗎？

黃母：唸經？

蘇父：心經啦，金剛經啦，或是簡單的往生咒，都可以幫助妳帶來福報。

黃母：他不在的時候有一陣子很常唸。（頓）但是他變了一個人之後，我就不唸了。

蘇父：妳知道佛陀的教導可以濃縮成哪三個字嗎？（頓）不抱怨。（頓）如果沒有其他事的話，今天就這樣子吧。

（蘇父伸出手要跟黃母握手，黃母卻雙手緊握著咖啡杯不放。蘇父自覺無趣，離場。）

黃母：（彷彿沒有意識到蘇父已經離場）不抱怨？（頓）不抱怨？（笑）

（黃母將剩下的咖啡潑向黃父座位的方向。）

黃母：不要抱怨。

第六場：
時間同第五場，當天晚上

（心怡家。心怡獨自坐著，她在讀一些資料。起身，略顯焦慮地等待，又坐下。不久後，黃母回家，心怡把資料收起。）

心怡：今天彥博說，他爸媽過不久就會去美國了。
黃母：那彥博呢？
心怡：不知道。
黃母：噢，那你們現在的狀態是……？
心怡：不知道。
黃母：那妳怎麼想？
心怡：不知道。
黃母：不要一直說不知道。

（沉默。）

心怡：真是覺得好噁心……
黃母：什麼東西噁心？
心怡：我自己。原本還想有機會去美國。離開臺灣。離開這個……
黃父：（自房內）你什麼事情都死不承認，誰相信啊？

（黃母與心怡裝作沒聽見。）

心怡：妳覺得我應該怎麼做？
黃父：（自房內）你要騙誰啊？臺灣人都一樣。

（沉默。）

心怡：其實，與其說我想出國，不如說我想離開你們。
黃母：心怡，你在說什麼……
心怡：我想離開這裡。
黃母：（彷彿試圖安撫心怡）不要這樣說，妳爸那樣也不是他可以控制的。
心怡：我想離開……
黃母：我聽不懂妳在說什麼。（頓）我聽不懂。
心怡：反正妳知道我的意思。

（沉默。）

黃母：長大之後，未來本來就是要自己決定。（頓）如果我是妳，我也會有類似的想法。

（沉默。敲打牆壁聲。）

黃父：（自房內）把那些人通通趕走，趕到海裡去。

心怡：我覺得……好吵。我去看看。

（心怡離開。黃母打開電視。黃母看了一會，把聲音調高，像是要試圖壓過敲打牆壁的聲音。心怡進場，黃母把電視關上。心怡似乎在想些什麼，看著黃母。）

黃母：妳在想什麼？
心怡：爸有跟我正常地說過話嗎？
黃母：妳出生的時候他還在外面……
心怡：所以他有在正常的情況下跟我說過話嗎？就算在我還聽不懂的時候，他有沒有說過什麼？有嗎？（頓）我完全不了解他。我也沒有試著去了解過他。

（沉默。）

心怡：妳知道怎麼去找相關資料嗎？
黃母：什麼相關資料？
心怡：我也不知道，所以才問妳。
黃母：一般人怎麼會知道？

（沉默。）

心怡：妳有聽過這段話嗎……「團結一千兩百萬人的力量，不分省籍，竭誠合作。」
黃母：……妳在說什麼？

心怡：「反抗腐敗政府。」

黃母：我不知道妳在說什麼。（頓）妳是不是去了什麼地方？還是見了什麼人？還是說妳看到了什麼東西？

心怡：沒有啊，妳幹嘛那麼緊張？

黃母：剛剛那些話，是誰跟妳說的？

心怡：爸跟我說的。（頓）開玩笑的！（頓）其實我在爸的書房裡面看到了一些資料，他寫的東西，還有一些報紙……

黃母：妳什麼時候進去的？

心怡：你們去醫院的時候。

黃母：妳怎麼會——妳從國中之後就沒有進去過他的書房了，怎麼現在又——？

心怡：（猶豫該怎麼說）國小五、六年級的時候，我不是會跟爸玩關門窗的遊戲嗎？（頓）有一次妳被鎖在外面，妳還記得吧？其實那個時候，我跟爸就在他的書房裡——

黃母：（遲疑地）然後呢？

心怡：然後，他做了一件事。（頓）他這樣。（擁抱黃母）他這樣，很緊。我不知道該怎麼辦，我不知道那是什麼意思。然後——（鬆開黃母）

黃母：所以妳後來才——沒有聽妳說過這件事。

心怡：我前一陣子回想起來的時候，才發現我根本會錯意了。然後，我才發現我——我好像要重新去理解我到底是怎麼活到現在的——我會不會其實誤解了很多事情——（頓）我還發現了這個。（拿出一張相片給黃母）這就是他在說的，杜鵑花，椰林大道，還有妳。年輕的時候。

黃母：這張照片……我以為已經弄丟了。（頓）妳爸他以前不是像這樣的，他以前功課很好，口才也很好，大家都覺得他一定會出國，去美國。他很多同學後來都去了。（頓）妳應該還是想跟彥博去美國吧？想去的話就去，不要之後後悔。

（沉默。以下對話到心怡離場之前，黃母與心怡的態度基調都是冷靜的。）

心怡：妳很希望我去嗎？
黃母：不是妳一直想去嗎？
心怡：那妳希望嗎？
黃母：……我只希望妳不會後悔。（頓）以前考獎學金的事情……我知道妳一定很在意。
心怡：都多久之前的事了！
黃母：反正妳知道我的意思，我是為妳好。

（沉默。）

心怡：在爸的房間看到那些東西之後，有一個念頭一直纏著我，我後來一直在想一件事情……發生那件事情的時候，我在什麼地方？
黃母：……「那件」事情？
心怡：爸被帶走的時候。（頓）我在哪裡？

（沉默。）

心怡：這陣子我一直在想像那個場景，然後我就想我會在什麼地方……

（沉默。）

黃母：妳不會出現在那裡，不要有這種奇怪的想法。

心怡：所以是發生在我出生之前？（頓）那是妳懷孕前還是懷孕的時候？

黃母：問那麼細要做什麼？

心怡：然後我知道了，所以當時我在妳的肚子裡，然後爸爸在，妳也在。忽然有一天……

黃母：不要再亂想了。

心怡：那個場景會長什麼樣子呢？或許爸爸不在，然後來調查的人去問了某個爸爸的朋友……但是他沒有說什麼……

黃母：……夠了。

心怡：然後那個人找上家裡，發現只有妳一個人……不對，不是一個人，是兩個人，還有我……

黃母：不要再說了……我拜託妳……

心怡：然後那個人可能一開始只是問爸去哪裡了，妳不說，他看到妳懷孕了，就威脅說要是妳不說我就——我就——

（黃母無法承受聽到心怡的話，遠離她，好像拒絕繼續聽下去。）

心怡：當然這一切可能都只是我的想像，但是，我就還是會繼續想——要是我不存在就好了，要是我當時不存在的話，會好一點嗎——要是我……

黃母：（壓抑地）事情就不是妳想的那樣。（頓）有時間去想那麼多，不如去想想接下來的事情。

心怡：有時候我覺得妳看我的方式，好像是我有病。

黃母：我沒有那樣想過。（頓）重點是不要後悔，妳已經花那麼多時間準備，念英文，考試……

黃父：（自房內）暫且饒了你，但是你不可以跟別人提起這件事，必須隨時讓我知道你在哪裡，聽到了嗎？

心怡：好，我知道了。（頓）我去看爸。

（心怡離場。黃母跌坐在沙發上，她看著照片，陷入沉思。）

（場上氣氛變化暗示時間進入深夜。黃父走出，為年輕時候的裝扮，他發現黃母躺在沙發上睡著了。）

黃父：欸，怎麼在客廳睡著了？

黃母：（醒來）回來了？今天又弄到那麼晚？

黃父：有人剛從日本回來。講了一下在日本那邊的情況，還有留學生的活動，話題一開就停不下來——

黃母：留學生就好好留學，多少臺灣人一出去就巴不得不要再回來——大家都還以為你當完兵就會出國，你看你有多少同學都想辦法出去了——

黃父：是啊，出去不回來……也是因為受不了這種不自由的氣氛

——要不是有美國人在後面，臺灣可能連個地方選舉都沒有。

黃母：雖然我不是很清楚你們在做什麼，但是有些事情總是要慢慢來，有的時候也要多為自己的下一步著想——

黃父：又要說出國的事了？

黃母：總覺得你這樣下去——我不知道，有種不好的預感——

黃父：如果要出去的話……但是妳現在懷孕——

黃母：辦法總是可以想的。為什麼你畢業之後還是繼續跟那些人往來，一直往教授那邊跑……

（沉默。）

黃母：在想什麼？

黃父：因為我想活在真實當中。

黃母：真實——？

黃父：不要再相信什麼反攻大陸統一中華的謊言了……

（沉默。黃母去檢查門窗。）

黃父：妳在幹嘛？

黃母：總覺得有人在偷聽我們說話。

（黃父去開收音機。放出〈Moon River〉一曲。）

黃父：那我們先不要說話，來聽音樂怎麼樣？（對黃母的肚子）

心怡來，我們一起跟媽媽聽音樂怎麼樣啊？很好聽喔。（黃父把音量調到最大。對肚中小孩）怎麼樣，聽到了嗎？好聽喔。

（黃母把音樂調小。）

黃母：那麼大聲會吵到人！
黃父：我怕心怡聽不到。
黃母：不要開玩笑！
黃父：在教授那邊，他們都把聲音開那麼大在講事情。

（頓。）

黃母：我這陣子……總是有種不安的感覺。

（沉默。）

黃父：其實他們已經開始抓人了。
黃母：什麼意思……？
黃父：這一、兩個禮拜我可能先不回來了。（頓）如果有人上門，妳知道什麼就說什麼——他們要妳說什麼妳就說什麼，要讓心怡在正常的環境下長大……
黃母：正常的環境……？
黃父：不能讓她也一起被……妳知道我的意思，妳知道我的意思嗎？

黃母：我知道……

黃父：那妳知道該怎麼做嗎？

黃母：我……（念頭轉換）但是……不會啊，一定不會發生這種事情。（頓）上次我們不是才說要一起去碧潭划船，一直都沒去，一、兩個禮拜之後你回來，我們就一定要去。

黃父：但是妳還是要做好心理準備……

黃母：根本不會發生的事我為什麼要去想？（頓）我之前就叫你好好念英文準備出國，如果我們現在就在國外的話，就不會……我們現在就……

（沉默。〈Moon River〉仍低聲放著。）

第七場：
時間同第五場，當天晚上。

（彥博家。）

蘇母：結果後來你怎麼跟她說？

蘇父：我自有分寸。

蘇母：反正她也不能怎麼樣，幹嘛還要見面？所以你到底說了什麼？

蘇父：是什麼就說什麼。

蘇母：她就這樣相信你的說辭？（頓）你想這背後會不會有什麼？

（蘇父不置可否地笑了笑。）

蘇母：你不擔心對方去告知媒體還是相關單位的？

蘇父：她不會做這種事。

蘇母：妳確定？

蘇父：（輕鬆地）不用擔心。

蘇母：難保她不會改變心意——

蘇父：妳怎麼會這麼疑神疑鬼，都要去美國跟寶貝兒子見面了，還想這麼多——

蘇母：要是他哪天開始亂講話……（忽然想到）等等，精神病病人講的話也不能採信吧——我怎麼現在才想到？根本……根本就不會有人相信他。（釋然地笑）我就是太多慮了……（自覺地恢復冷靜）真是不像平常的我。

蘇父：（想到什麼似地）心怡的媽媽是很標準的臺灣人。

蘇母：你是說哪種？

蘇父：（思考如何用字）溫柔敦厚的那種。（頓）但是她沒有投陳水扁。

（兩人笑出聲。）

蘇父：然後我只差沒說我投給陳水扁。

（兩人笑得更開懷。）

蘇母：不過，算起來，可能我們跟黃先生黃太太他們，曾經在大學校園裡面擦肩而過也不一定。

蘇父：什麼意思？（頓）妳應該沒有……？

蘇母：我只是在說一種可能性。（頓）不過說到那個時候，我記得你說你都會叫那些人好好保重身體，出來才可以重新生活……

蘇父：妳在說什麼時候？

蘇母：當然是你以前在法院工作的時候，不然是什麼時候？（頓）你還記得有一次你提到同事被上面點名要調查，說是判決結果跟預想的不一樣什麼的。那個時候你說得就好像是發生在你身上，那個驚慌的表情我現在都還記得。

蘇父：現在說這個幹嘛？

蘇母：怎麼了嗎？就是現在才可以當作笑話說出來。

蘇父：我早就忘了。反正……（轉換話題）新世紀的重心必然會是在大陸，臺灣這邊怎麼變化，都不會影響大局。之前抱美國老大哥大腿的時代也差不多了。

蘇母：是啊……彥均也確定接下來就要到大陸去了。

蘇父：這也是遲早的事，畢竟語言文化相通。

蘇母：語言是相通，但是彥均根本就已經是個美國人，文化大概還是有所隔閡……

蘇父：很快就能適應了。

（彥博上場。）

彥博：（對蘇父）跟心怡媽媽見面還好嗎？

蘇父：沒事了，不用擔心。

彥博：真的？

蘇父：難道是假的？

彥博：我有事情想問你。

蘇父：今天還有功課要作，想說什麼其他的等下再說。

（蘇父離場。從書房隱約流出蘇父所播放的《佛說阿彌陀經》誦經聲。）

彥博：你們到美國之後要做什麼？

蘇母：你爸自然會有所安排，不用擔心。

彥博：不過，為什麼啊？
蘇母：什麼為什麼？
彥博：忽然決定要過去……
蘇母：也沒有忽然，一直都有在想，就是安排之後的生活。
彥博：跟選舉有關嗎？
蘇母：不能說有，也不能說沒有，總之就是一個大環境的氛圍吧……
彥博：那我之後想搬出去。
蘇母：可以啊，反正我們這邊也可以租出去。

（沉默。蘇母覺得佛經的聲音有點惱人。）

蘇母：今天好像放得特別大聲，你等一下。

（蘇母離場。彥博看著牆上的書法。佛經聲音降低。蘇母上場。）

彥博：最近爸作功課的時間好像變長了？
蘇母：怎麼忽然關心起你爸了？
彥博：沒事。（頓）只是我很好奇，這些東西到底給他帶來了什麼——
蘇母：「思正念，行正道。」他大概會這麼說吧。按照佛祖的教誨行事。

（彥博陷入沉思。）

蘇母：你在想什麼？

彥博：我在想妳剛剛說的話。

蘇母：有什麼好想的，聽聽就算了——

彥博：……爸開始學佛，是他當法官之後吧？

蘇母：是啊。

彥博：所以爸會覺得，他之前做的事情都是佛祖的意思嗎？

蘇母：我想他會說事情沒這麼簡單，我們在人類的維度所看見的好壞，從更高的維度來看會有我們不知道的意義，所以不能由人類來下判斷。

彥博：……我聽不太懂。

蘇母：我只是重複你爸的說法而已。

彥博：我以前都沒聽過——

蘇母：以前是因為你還小——

彥博：但是我現在已經不小了——

蘇母：所以不就跟你說了嗎？幹嘛？有什麼不滿嗎？

（沉默。蘇父上場。）

蘇父：怎麼了嗎？氣氛好像有點凝重？

彥博：話說前幾天不是有收到哥從美國那邊寄來的咖啡？不知道味道怎麼樣。

蘇母：對啊，都還沒喝，說是他太太挑選的，應該要跟人家說一下我們喝過的感覺。（頓）真是期待，不知道味道如何……

（蘇母離場。）

彥博：剛剛有些話還沒說完……
蘇父：你想說什麼？

（沉默。）

蘇父：你還有在跟心怡聯絡吧？
彥博：有。
蘇父：會講到這方面的事情？
彥博：會。

（沉默。）

彥博：你後悔過嗎？
蘇父：後悔過什麼？
彥博：當法官。
蘇父：心怡跟你說了什麼？
彥博：沒說什麼。這跟心怡爸爸無關，只是我自己想問。
蘇父：後悔？當然不會後悔。我當年都是依法審判。
彥博：但是當年的法律是有問題的。
蘇父：最重要的是要依照當時有效的法律。如果是現在，我就依照現在的法律，事情就是這麼簡單。
彥博：所以你覺得人權是什麼？
蘇父：忽然跟我談起人權來了？真不像你。
彥博：可以回答我嗎？
蘇父：一個社會要有基本人權，這是當然的。但是國家要安全，社會要安定，也必須有些權宜措施。

彥博：你覺得自己曾經是……壓迫者嗎？

蘇父：哈哈哈，不要用這種政治正確的用語來簡化問題。當年環境是戒嚴時期的軍法，你用現在的標準來看我，物換星移，這是不公平的。

彥博：那你怎麼想黃爸爸現在的狀態？心怡說他以前是臺大畢業的，結果後來出來之後只能去臺大當清潔工……

蘇父：工作沒有貴賤之分，只要是他自己想做的——

彥博：天啊，重點不是這個，你知道我的意思是什麼——所以你到底怎麼想……過去做的事情？

蘇父：我問心無愧。我服務的初衷都是一樣的。擔任什麼職務，就做什麼事情。唯一的原則，就是一切依法處理。（頓）而且很多事情比你想像得更複雜……

彥博：或許吧。

蘇父：你想問的就這些？

彥博：（遲疑了一下）那如果我出生在那個年代，一樣念完大學，然後過幾年就莫名其妙被抓了，你會怎麼想？以一個父親的角度。

蘇父：我聽不懂你的意思。

彥博：我只是沒辦法不去想，那種在我這個年紀人生被中斷的……感覺。如果你知道心怡的爸爸後來會變成這樣，你還會作出一樣的決定嗎？

蘇父：作出什麼決定？……怎麼說得一副……

彥博：心怡有跟你通過電話吧？

蘇父：所以是她跟你說了什麼？

彥博：她說你沒有承認，也沒有否認，你只是說，你忘了。（頓）經手太多案件了。

蘇父：……你可以直接問我。

彥博：……因為我不想直接知道。（頓）但是我聽到心怡的說法，我就知道是怎麼回事了。

蘇父：怎麼回事？就是我忘了。

彥博：（苦笑）你忘了。（頓）你忘了。

蘇父：反倒是你自己跟心怡的關係……

彥博：她這段時間根本沒心思想這個，光是她自己在整理她自己就已經……

蘇父：告訴她，一切都是業力因果，諸法無相，諸行無常。我到現在這個年紀了，已經沒有什麼特殊的分別心，只追求凡事不要抱怨。你們還年輕，很多事情沒辦法參透也是可以理解的。

彥博：業力因果業力因果。

蘇父：怎麼了？

彥博：沒什麼。

蘇父：（拍彥博的肩）就只是需要時間。

（沉默。）

彥博：之前心怡有問過我，關於你跟媽退休前在做什麼，然後我才發現，我知道的好少。（頓）我們好像沒有真正交談過。（頓）但是我剛剛發現，就算說的話變多了，也好像跟沒說一樣。其實我——

蘇父：（突然情緒上來）我該說的都已經說了。（軟化）就是這樣。

（蘇父離場。彥博環顧四周。他看著書法作品，想到什麼，去找了一枝紅色粗墨筆，在書法作品上塗鴉。看到蘇母的花作也亂折一通。然後若無其事地坐著。不久，蘇母準備咖啡出來，發現花作遭到破壞，不動聲色。）

蘇母：這是怎麼一回事？是想要表演前衛插花嗎？

（彥博不回答。）

蘇母：（也注意到書法作品被破壞，一邊倒咖啡一邊說）這些是你爸爸要拿去展覽的作品，現在弄成這樣……

（蘇母將書法作品重掛，以背面朝外。）

蘇母：所以你剛剛跟你爸說了什麼？你們是不是講到心怡那件事？還是怎樣？

彥博：沒有。我們什麼都沒講到。

蘇母：別當我耳聾，我剛剛在後面都有聽到，什麼人權正義blahblahblah。（頓）少去學別人講一些政治術語，那些東西都是用來洗腦年輕人的，被利用都還不知道。（頓。喝咖啡）當初你爸他們部門的人都聚在一起學佛，因為很多時候沒辦法下判斷，就需要一個更高的指引來當作心靈的寄託。我最記得的是，你爸說佛法裡面有提到：「依法不依人。」這句話每次都讓他心情安定很多，他說，遇到難以判斷的情況，先把人的因素排除，只要考慮法的因素，就會簡單很多。（喝咖啡）你不喝咖啡嗎？不喝會涼掉。（頓）他還說，只要是法所允許的，就是正確的，法的範圍，就是正義的範圍。但是事情還沒這麼簡單，真的遇到難題的時候，他就會開始用書法抄寫佛經，抄一抄心情就安定下來……其實你爸爸是很愛你的，雖然他都沒有說……我想學佛多多少少也有點影響，要是他年輕的時候就不是這個樣子了。哎，說到底，心有罣礙才是真正的恐怖。能真正做到不在意，才是最高的境界。你看，像我這種人都可以體會這種道理。（頓。喝咖啡）真的不喝咖啡嗎？好喝欸。哎，不過說了這麼多，偷偷告訴你，其實這些鬼話我從來就沒有相信過，不過這個就不要跟你老爸說……

（沉默。）

彥博：你們是星期六晚上的飛機吧？我想說我可以開車送你們過去。

蘇母：總算這次主動開口，有長大。

彥博：只是想要確認你們真的安全離開了。

蘇母：講什麼？後面這句話有點多餘。這只是玩笑話而已，對吧？（頓）其實說現實一點，你跟你哥可以長大，還有送你哥出國的錢是怎麼來的？還不是要靠你爸——而且他只是沒說，其實他都有在想你跟心怡到美國之後的事情。不過既然心怡現在說要先休學，那就沒辦法了。我說這些只是要讓你知道，你爸在你不知道的時候做了很多事。他本質上還是個好人，又不是什麼壞人。

（沉默。）

彥博：我在想要怎麼做才對……我是說心怡。

蘇母：就像之前跟你說的，你爸跟我其實不想影響你們什麼。

彥博：聽起來是在推卸責任。

蘇母：這不叫推卸責任。

彥博：推卸責任。

蘇母：如果講沒兩、三句就這樣，那我們乾脆都不要講話算了！（頓）之後帶心怡去美國。

彥博：她就說她不想去了。

蘇母：她想去。（頓）只要是臺灣人都會想去。她需要一段時間來改變想法。

彥博：她說她有一種罪惡感……

蘇母：跟她說不需要有那種感覺。

彥博：怎麼可能？妳又不是她，說得那麼容易。

蘇母：我就是一個旁人，這沒什麼好否認的。不過，她說自己有罪惡感這件事情，就是想要降低自己的罪惡感。承擔罪惡感需要勇氣，但是擺脫罪惡感需要更大的勇氣。Courage，知道嗎？（頓）不過說真的，我想，我跟你爸到美國對你們來說，說不定是一件好事，這樣你跟心怡之間可能就會有更多的空間，我是指心理上的。你們之後如果想在臺灣自己有什麼安排，我跟你爸也不會多過問什麼。

彥博：妳是認真的嗎？

蘇母：當然啊。蘇彥博，你今年幾歲了？

彥博：幹嘛明知故問？

蘇母：剛剛才說你有長大，那就請你真的長大好嗎？不要每件事情都——

（傳來垃圾車的聲音。）

蘇母：如果你真的長大了，今天可以請你去倒一次垃圾嗎？

彥博：……垃圾在哪裡？

蘇母：還問垃圾在哪裡？我都已經收到陽臺上了——另外還有這些（指向牆壁上的書法作品）順便也拿去丟了。

彥博：確定？

蘇母：當然啊，自己製造的垃圾自己拿去丟。

（彥博猶豫。）

蘇母：還在那邊發什麼呆？

彥博：（收拾著自己破壞的書法作品，想到了什麼）在妳跟爸出國前，我想請你們吃頓飯。

蘇母：怎麼了？突然說這個？

彥博：你們這趟去就要待很久，這是應該的。還有當作……跟爸的道歉，剛剛把他的東西弄成這樣。

蘇母：好，知道知道。你爸一定會覺得比起兒子主動請客，書法作品算什麼？他會很高興的。（頓）不過你要快點用跑的，不然垃圾車要開走了。

（彥博拿著書法作品離場。蘇母看著空蕩的牆面，邊笑邊喝咖啡。不久，蘇父上場。）

蘇父：（注意到書法作品不見了）欸——那個——

蘇母：你一定想不到剛剛發生了什麼事——（頓）彥博說，在我們出國之前要請我們吃飯，這應該是第一次兒子說要請我們吃飯吧。他啊，也終於長大了——

（頓。）

蘇父：噢，是嗎，這樣啊……

（蘇母收拾咖啡，離場。蘇父獨自面對空蕩的牆面。）

第八場：
2000年仲夏

（醫院大廳。大片落地窗，採光良好，外頭綠意盎然。心怡與黃母坐在長椅上。）

黃母：說起來很奇怪，其實我還滿喜歡來這家醫院的，很寬敞明亮……不過妳跟彥博約在這裡，就有點奇怪了。

心怡：他不會介意的。

黃母：我知道。

心怡：倒是爸很有趣，三不五時就在問說彥博在哪裡……

黃母：大概他也是希望你們可以……

心怡：嗯，或許吧。

（彥博進場。）

彥博：（對心怡）欸。（對黃母）伯母好。

黃母：剛剛才在跟心怡說，約在這邊真是不好意思。

彥博：不會啦，怎麼會。

心怡：我就說吧。

黃母：那你們先聊，我去看爸爸。

（黃母離場。彥博與心怡並不急著說話，兩人保持默契的沉默。彥博往四處看了看。）

心怡：（彷彿是準備好才說出來似地）其實你也知道，這陣子我一直在整理……到底發生了什麼事情……事情好像過了很久，又好像昨天才發生一樣。從我有記憶以來，就是我媽在照顧他。（頓）我也不知道他真正的病因，我媽總是說小孩子不要管那麼多。（頓）長大之後，我只是很單純地想說，只要好好照顧他就好了，不用去追究什麼，習慣了——我就這樣習慣了現狀，如果現狀可以一直維持下去就好了吧，跟其他人比起來，我爸可以復原到那樣的狀態，已經很好了。（頓）可是現在當我回想起這一切，我會覺得好像被什麼東西背叛了……或者是說，我好像被我自己背叛了……（頓）我甚至會覺得發作的他，才是完整的他、正常的他，而一直以來冷感的自己，可能才是那個有病的人……

（沉默。）

彥博：都會好轉的。

心怡：真的嗎？

彥博：重點不是已經發生的過去，而是未來，我們自己決定的未來。

心怡：……未來嗎？

彥博：妳有發現嗎？這陣子就算我們有見面，但其實好像都是妳在講妳的感覺或是發現……我想說的是，妳有想到我，或是我們嗎？

心怡：當然有，所以我之前才問你要不要來這裡。

彥博：……來陪妳爸當然好啊……

心怡：但是，我不知道你之後要怎麼跟我媽相處。

彥博：（略帶猶豫）剛剛見到面的時候……感覺還好。

心怡：你還不懂嗎？那就是她最擅長的東西，這麼長一段時間，讓一切都看起來沒什麼，好像什麼都「感覺還好」。（頓）但是我就是不想要這樣。

彥博：……那妳覺得我該怎麼做比較好？

心怡：（想到什麼笑了一下）或許，與其說我希望你來看我爸，還不如說我真正希望的是你來看我媽。

彥博：說得好像是妳媽生病一樣……

（心怡不自禁地深呼吸了一下，似笑非笑。）

彥博：不好意思，好像不應該這樣說……不過，妳還是沒說妳覺得我應該怎麼跟妳媽說。

心怡：……我也不知道。

（黃母帶著黃父上場。）

彥博：（對黃父）伯父好。

（黃父沒有特別反應。他坐在長椅上。）

心怡：爸，人家在跟你打招呼，要回人家啊。
彥博：沒關係啦。
心怡：（對黃父）這是彥博啊，你不是說想要看看他？
黃母：（對黃父）對啊，彥博來了耶。

（場上隱約出現總統選舉造勢的聲音，但只有黃父聽得見，其他人都沒有反應。黃父聽那幻覺似的聲音聽得逐漸出神入迷，並與以下對話與動作並行。）

（黃父伸出手，像是要跟彥博握手。彥博不確定該如何反應。）

心怡：他要跟你握手啦。
彥博：（表示領悟）喔。

（彥博跟黃父握手。結束後大家不知該接什麼話。）

黃母：（打破沉默，對彥博）他好像想要跟你說什麼話的樣子。

（沉默。）

黃父：（臺語，溫柔地）你說是不是？

（沉默。）

心怡：哈哈哈，又來了，之前選舉的時候他就愛盯著電視看，人家講什麼就跟著講什麼，真的是，選舉都結束那麼久了——

黃父：（臺語）你愛臺灣嗎？

心怡：（試圖自制地）哈哈哈哈哈哈……

黃母：（對心怡）妳在笑什麼啊？

彥博：我是不是先離開比較好……？

心怡：哎喲他只是電視看太多了。

黃父：（相對激動地。臺語）你愛臺灣嗎？你愛臺灣嗎？選舉——很重要，你知道嗎？

（心怡繼續笑著，黃母不知所措，彥博設法抽開黃父握住的手，往角落移動。黃父的幻聽逐漸淡出。黃母阻止他，要他冷靜。）

黃母：（對黃父）你不要這麼激動，會嚇到人家……

（黃父坐在長椅上，持續斷斷續續喃喃自語：「這就是愛臺灣，你說是不是？」「你愛臺灣嗎？」，但聲音並不明顯。）

心怡：（對彥博）你躲那麼遠幹嘛？沒事了啦！

（黃父幻聽的聲音完全消失。他的神態也恢復正常。）

黃父：（注意到彥博）彥博，你來啦？怎麼站在那裡？

彥博：沒有啦，沒事。（走近黃父）伯父，你今天氣色看起來很好耶。

心怡：爸你之前不是說想要看看彥博？

彥博：……伯父你有想說些什麼嗎？

黃父：（彷彿陷入回憶）我不能說，我出來的時候已經保證過不能說，否則我會被抓回去，會有懲罰——

彥博：不會有人抓你回去，伯父，你在這裡很好，沒事。

黃父：……你真的想知道我要說什麼嗎？還有人想知道嗎？（頓。再次陷入記憶，彷彿在複誦別人說過的話）我們一進來就出不去了，將來你還有出去的一天，你千萬要記住……我們一進來就出不去了，將來你還有出去的一天……（彷彿又想到另一段文字）有一個堅強的運動，正在臺灣急速地展開著……這個組織正在迅速地擴大著，這個運動正在有力地展開著……

（沉默。）

彥博：（不知所措反而笑了出來）不好意思伯父我真的聽不太懂……

黃父：今天天氣很好。

心怡：（趁機轉移話題）爸，還是你要先到外面走走？

黃父：好啊。

黃母：那就去外面走走。

心怡：我也去透透氣。

（心怡帶著黃父離場。）

黃母：剛剛發生的事情，不要介意。

彥博：不會啦，怎麼會……

黃母：那就好。

（沉默。）

彥博：伯母，我只是在想……

黃母：你跟心怡的事情？就看你們自己……我覺得心怡其實還是想出去的。

彥博：伯母妳好像很希望心怡出國。

黃母：我只是希望她不要後悔。（頓）其實我跟她講得很實際，要是有什麼經濟上的需要，家裡也是可以負擔。

彥博：但是她也有可能就不去了。

（沉默。）

黃母：那你呢，你怎麼想？

彥博：明年我哥就會從美國去大陸工作，我爸媽他們是說要是我跟心怡要去美國的話，就可以直接住在我哥跟他太太現在住的那邊。

黃母：你跟你爸媽常聯絡嗎？雖然只見過一次面，但是感覺得出來他們很關心你。

（頓。）

彥博：其實在他們出國前，我們發生了一些小……爭執，不過很快就沒事了。

黃母：噢，那很好啊。

彥博：因為我好像是那種……很容易有罪惡感的人。

（沉默。）

黃母：其實時間拉長一點，很多事就沒那麼重要，人也自然會回到慣性的軌道上。心怡她現在這樣只是比較敏感……

彥博：這段時間她會有很多想法，我也覺得這都很正常。

黃母：（不自覺笑了出來）心怡跟你在一起，真的是……

彥博：啊？

黃母：沒事。

（沉默。）

彥博：……伯母有想買些什麼吃的還是喝的嗎？

黃母：不用麻煩了。

彥博：伯母不用客氣啦，都那麼熟了。

黃母：……如果你想去找心怡就去找她。

彥博：伯母，那個——

黃母：（笑。切斷彥博的話）我想自己在這裡待一下。（彷彿才真正感受到落地窗外的陽光與綠意）啊，這裡採光真的很好，你看外面那些樹，夏天的陽光真的讓一切充滿生命力。如果……三十年前的夏天什麼都沒有發生的話，現在的我還會坐在這裡嗎？（頓）你跟心怡就真的開始新的生活吧，心怡她一直想離開，但又放不下。其實她不知道的是，我還真有點期待她離開家之後，只剩我跟她爸爸……（略帶感傷）就好像……可以讓那個夏天重新來一遍……（自我解嘲地）唉，哈哈，我在講什麼天馬行空的話……人真的是很奇妙，好像一點點觸發就可以脫離現實胡思亂想……（急切地）唉，你怎麼還待在這裡？

彥博：（猶豫該怎麼開口）伯母，有件事情想跟妳說——

黃母：什麼事情？

彥博：……對不起。（頓）我的意思是說——

黃母：噢——我知道。（頓，笑）彥博，你有看過鬼嗎？

彥博：鬼？

黃母：只是忽然想到，以前我去看心怡爸爸的時候，在回家的路上偶爾會找間咖啡店，坐在裡面看路上的人，那個時候已經跟很多人都疏遠了，結果有一次，我看到大學時候很要好的一位朋友正要過馬路，我就立刻出去想要跟她打聲招呼，結果我一走到路上，她的表情——就跟看到鬼一樣，雖然那個表情只是一閃而過，但是我卻記到現在。

彥博：後來呢？

黃母：後來——她就裝作沒看到我，從我旁邊走過去。（頓）不知道為什麼我會忽然想起這件事。

（沉默。）

彥博：其實心怡之前有問我，之後要不要陪伯父來醫院。

黃母：她這樣說？

彥博：她沒提過嗎？

黃母：還沒聽過。（頓）但是聽起來滿好的。（頓）畢竟我也希望你們……嗯，去心怡那邊吧，感覺她爸爸好像很喜歡跟你說話……

彥博：好，我去看一下。

黃母：然後，可以買可樂，他最近喜歡喝。

彥博：（笑）好，沒問題。

（彥博稍微遲疑，離場。黃母看著彥博離開，坐回長椅，盯著地板，似乎想起了什麼，又笑了起來，然後表情茫然看著落地窗外。不久，心怡回來，也坐在長椅上。）

黃母：只有彥博跟他，沒有問題嗎？

心怡：沒有問題啊。

黃母：他們都在聊些什麼啊？

心怡：聊什麼……他們——就——總是有東西可以聊吧。

黃母：（不自覺地重複）總是有東西……（頓）那就好。

心怡：……好什麼？

黃母：沒什麼。

（黃母起身，看著別處，不知道自己在看什麼。心怡則是看著黃母。）

（劇終。）

解離

人物

女子
男子
弟弟
醫生
教育員
導演

（依照演出考量，教育員跟導演可以與醫生為同一演員。教育員與導演可以讓演員實際在舞臺上演出，也可只用聲音呈現。）

時空

一座城市。可以發生在現在，也可以發生在未來。

第一場：
攝影棚

導演：等下我們要拍的主題是「情緒」。

女子：好。

導演：所以我們會需要各種情緒。

女子：了解。

導演：妳先試著笑一下。

（女子嘗試以笑的方式表演快樂。）

女子：這樣可以嗎？

導演：好像少了一點什麼。

女子：是少了什麼呢？

導演：我不想說得太抽象，但好像是，少了一點真心的感覺……

女子：真心的感覺？好。（頓）那我再試試看。（嘗試用各種真誠的方式笑）這樣夠嗎？（頓）還是說，可以再具體一點，之前你們是說這是關於一個城市宣傳的影片……

導演：對，我想做一個在城市中享受生活，一種可以向各種情感開放的態度……這樣有比較具體嗎？

女子：應該有。（頓）不好意思我可以再問一個問題嗎？因為……我覺得自己表現得並不是特別突出，所以為什麼會堅持要我來這邊呢……？

導演：這不是我決定的，是上面的人說的。（頓）他們說，需要妳的臉。

女子：我的臉？

導演：他們說，這樣才更能展現城市的包容性。

女子：什麼……意思？

導演：這都是上面說的不是我說的。（頓）我們現在只要先笑得真誠就好了。來，再試著笑一個。

第二場：
女子家

（深夜，女子在場上看電視，電視播著街談巷議式的新聞。女子百無聊賴地看著。偶爾用叉子挖蛋糕吃，偶爾對著新聞笑出聲，偶爾轉台，但是主要都是看新聞。同時，隱約可以聽見附近傳來人的喊叫聲，斷斷續續。）

（女子把電視關上，睡去。附近繼續傳來人的喊叫聲。）

（男子上場，穿著類似警察的衣服，衣服上有髒汙，也有類似血的痕跡。他把衣服換下，穿上在家中穿的衣服。女子逐漸清醒。）

男子：怎麼睡在客廳？
女子：（下意識地）你回來了。
男子：去房間睡呀。
女子：幾點了？
男子：（確認了一下）快兩點了。
女子：今天怎麼那麼晚？
男子：突然有些額外的任務。（發現女子神情有異）妳眼睛怎麼了？
女子：（不確定地）怎麼了嗎？

男子：妳的眼睛溼溼的，妳在哭喔？

女子：沒有啊……（摸了摸自己的眼睛）真的……我自己都不知道……。所以你今天還好嗎？

男子：今天原本應該巡邏完就可以下班的。結果沒想到巡邏到一半，居然看到有人拿了汽油潑到自己身上，燒了就跑，不知道是要攻擊別人還是怎樣。欸，副局長叫我開車去撞他，沒想到他還在跑！然後副局長下車之後，拿著不知道哪來的棉被，就這樣撲了上去，兩個人抱成一團在路上滾來滾去，幸好後來有人拿了滅火器，才把副局長身上的火給滅了！

女子：……天哪，那後來你們副局長人還好嗎？不需要這麼拼命吧？

男子：有好處呀！欸，之前就是有人因為這樣，受了點小傷之後被記了大功。結果像我這樣都沒受傷的反而會被當作孬種。

女子：安全最重要。

男子：安全？妳真的不懂。

女子：不懂什麼？

男子：說要追求安全在隊上會被笑死，大家都搶著要績效，長官們也都看誰有鬥志，誰敢衝到前面去，之前還被長官刺激說：「喂！是不是個男人啊？是男人的話下次就給我衝第一個！」（頓）下次！說得好像到處都遇得到。（頓）不過這種事也很難說……像之前龍山寺那個才厲害，聽副隊長說火焰沖到兩、三公尺那麼高！

女子：龍山寺……？

男子：之前在龍山寺有人用汽油自焚，妳不知道？

女子：我沒印象……

男子：就前陣子政府派人要去把神像封存起來，結果有個男的好像說是要搶救神像什麼的，威脅在場的人說要是誰對神像動手的話，他就要自焚，誰想到他會真的做！（頓）真的沒印象？

（女子陷入沉思。）

男子：在想什麼？

女子：沒有……不過講到龍山寺，才發現我也很久沒去了，沒想到現在居然已經……那還能去嗎？

男子：去幹嘛？之前很多廟的神像都已經被封存，龍山寺只是比較有名，但這也是遲早的事。

女子：後來那個男的呢？

男子：當然就沒救啦。

女子：那他的遺體後來是……？

男子：問那麼多幹嘛？（頓）還是妳想到什麼了？

女子：隨口問問而已，又不關我的事。

（女子聞了聞男子。）

女子：你是不是有喝酒？我從你進門就有聞到一點味道了。

男子：長官要求啊，不喝不行。

女子：你今天不是才去處理你剛剛說的那件事，怎麼還有時間去喝酒？

男子：那也是工作的一部分。（指向窗外）欸，妳看，那邊，有紅色的燈亮著的地方，那邊最近正在蓋房子。以後我們會搬到那邊去住。

女子：真的？

男子：那邊在蓋的是上面之後會派給我們住的地方，但是因為數量有限，還要看積分來抽籤。今天我已經決定要加入特別編組，最近情況比較多，所以隊上說要再編一組，執行一些比較特殊的任務，收入比較好，當然積分也會比較多。

女子：那會比較危險嗎？

男子：世界上哪裡沒有危險？講什麼廢話。

女子：我也有在賺錢。

男子：賺什麼錢？

女子：拍影片，最近要拍一個廣告。

男子：那些能賺得了多少錢？

女子：我的意思是如果你也不一定要……（打斷自己）沒事。噢，我今天看到有節目在介紹新開的甜點店，賣草莓蛋糕的，就開在南京東路那附近的樣子，人排得超長的，想說之後去買來吃吃看。

男子：（指桌上的蛋糕）那這是什麼？吃吃吃，就愛吃蛋糕。

女子：不同家的嘛！（頓）幹嘛一直看我？

男子：（笑）妳好可愛。

（沉默）

女子：（頓。笑）先去洗澡啦！身體都還是髒的。

男子：嗯？

（男子想與女子親熱。）

女子：先去洗澡。
男子：先叫親愛的。
女子：親愛的。（開玩笑地）親愛的親愛的親愛的。
男子：妳真的好可愛。好，那我先去洗了。

（男子離場去洗澡。浴室傳來沖水聲。女子打開電視繼續看，邊看邊吃蛋糕。不久，她看向窗外，卻好像看到了弟弟映在窗上的身影，她手中的叉子掉落地上。她若無其事地撿起來。弟弟出現，衣著似乎許久沒有清洗過，背著一個破舊的背包。女子把電視關上，想要離開，但是被弟弟擋住去路。）

弟弟：終於找到妳了，果然就是在這裡。

（女子不確定她看到的弟弟是她的幻覺，還是一個真實的存在。）

弟弟：妳看不見我嗎？妳真的……（頓。確定地）妳看得見我。

（女子仍然不知如何回應，她想要到浴室去求救，浴室仍然斷續傳來水聲。但是她似乎又不想貿然行動。）

女子：你是誰？來這裡幹嘛？

弟弟：我是妳弟。

女子：我不認識你。

弟弟：我是妳弟。（頓）Aham te bhagini bhata。（「姊妹，我是妳兄弟。」）（見女子沒有反應）Aham te bhagini bhata。（頓）聽不懂？

女子：我聽不懂，我不認識你。

弟弟：（拿出一張牌子）妳記得這張牌子嗎？

女子：（並不看牌子）我不認識你……請你離開。

弟弟：這是妳給我的牌子。（把牌子塞給女子）

（女子看了看牌子。）

弟弟：上面有寫我的名字，而且是妳幫我寫的。妳之前叫我出門的時候帶在身上。（頓）妳真的都不記得了嗎？這是妳自己寫的字，真的認不出來嗎？

女子：你再說一次，你剛剛說的那句話。

弟弟：Aham te bhagini bhata。

女子：什麼意思？

弟弟：「我是妳弟」……的意思。

（沉默。）

女子：你為什麼會出現在這裡？

弟弟：這裡是我們的家。

女子：這裡……？

弟弟：對啊，這裡。

女子：不管你是誰，你不能待在這裡，你不可以這樣隨便進到別人家還說這裡是自己家……

弟弟：為什麼？這裡是我原本住的地方。

女子：不管以前是不是，現在不是了。

弟弟：我回來只是想——

女子：不要再說了！

弟弟：要不然我要去哪裡？

女子：不要再說了……

弟弟：我沒有地方可以去了，我好不容易才找到這裡……

女子：我說不要再說了。

（女子把電視音量調到最大。然後把燈關上，將燈打開時，發現弟弟已經消失。再次關燈，開燈，又反覆開關燈數次。男子已經洗好澡出來。女子盯著牌子看。）

男子：（笑）妳在幹嘛啊？怎麼了嗎？

（男子把電視關上。女子沒有動靜。）

男子：電視幹嘛開那麼大聲？（頓）喂，說話啊。

女子：Aham te bhagini bhata。

男子：（疑惑地）啊？

女子：沒事。

男子：妳剛剛說什麼？

女子：⋯⋯沒什麼。

男子：妳手上拿的是什麼。

女子：（把牌子收起來）沒什麼。

男子：妳看起來怪怪的。

女子：⋯⋯你知道我們現在住的地方，之前是誰在住嗎？

男子：怎麼會忽然想問這個問題？

女子：沒有，沒事，只是⋯⋯

男子：到底怎麼了？

女子：剛剛你去洗澡的時候⋯⋯我好像看到一個人出現在⋯⋯這邊⋯⋯

男子：（笑）誰啊？

女子：他說他是我弟。

男子：妳弟？

女子：他是這麼說的。

男子：後來呢？

女子：他就消失了。

男子：⋯⋯妳最近還好吧？

女子：⋯⋯不知道。（頓）好像有的時候會忽然覺得很難過。有的時候，會覺得不知道自己在什麼地方⋯⋯

男子：還是妳要不要去看醫生？去看一下是不是——

（女子起身，彷彿要確認弟弟到底是不是來過，以及他離開之後去了哪裡。）

男子：妳在做什麼？

（沉默。）

男子：妳現在在幹嘛？我問妳話，回答。
女子：……我在想他怎麼會忽然不見了。
男子：妳瘋了是不是？想要有一個弟弟啦？……還是想要有另一個男人？（頓）妳愛我嗎？
女子：……幹嘛？
男子：妳愛我嗎？
女子：……我愛你。
男子：叫老公。
女子：老公。
男子：說親愛的。
女子：親愛的。
男子：正常就好。（頓）我有在電視上看到妳拍的新廣告。（頓）我跟我同事一起看到，然後我說那是妳。
女子：然後呢？
男子：他們說什麼時候讓他們看看妳。

（沉默。）

女子：那你說什麼？
男子：我說要回來問妳。

（沉默。）

女子：我不認識他們。（頓）你怎麼想？（頓）不會，我當然不會想要認識別的人。（頓）我不需要認識別人。我只需要你。

（沉默。）

男子：知道就好。（頓）妳在廣告上笑得好美，要不要笑一個給我看？

女子：如果我說不要呢。（頓。笑）我開玩笑的，我現在不是在笑了嗎？

（遠方傳來孩子們玩樂的聲音。）

第三場：
房間

女子：我知道我有點難過，但是我沒有感覺。

醫生：難過就是一種感覺。

女子：我只能知道，但是我沒有感覺。我要怎麼樣才能恢復感覺？

醫生：有的時候人就是會這樣。（頓）至少妳知道妳在難過。

（沉默。）

女子：我晚上會哭。

醫生：每天嗎？

女子：一個禮拜兩、三次。

醫生：怎麼哭？

女子：怎麼哭？就是哭……

醫生：哭不一定代表難過。

女子：……但是我沒有辦法描述我怎麼哭，我甚至不確定那是不是哭……

醫生：妳是不是想到了什麼？還是想起了什麼？（拿出一疊資料，讀起資料）「看見那些赤裸著身體，戴著頭套的無助的人們，我覺得像是被冷冷地賞了一巴掌……」

女子：這是什麼？

醫生：妳寫過的日記。

女子：這不是我寫的……

醫生：（接著讀）「看著他們，我感到羞恥，好像我看見了不應該看見的東西。」

女子：我沒有印象……

醫生：妳要看看嗎？

（醫生把日記交給女子。女子讀了一下，又退回給醫生。）

女子：這不是我寫的。

醫生：「我心想，我可能認識他們，可能在街頭遇見過他們，曾經跟他們共事過，或者跟他們買過東西……他們可能是一位老師，一位加油站小弟，或者是工程師，他們可能是一位父親，祖父，兒子，哥哥或者是……弟弟……」

女子：這不是我寫的。（頓）妳為什麼硬是要說這是我寫過的東西？

醫生：有可能妳之所以會想哭，或是感到難過，就跟這些內容有關。（頓）如果妳現在不想讀，也沒關係。

（沉默。）

女子：如果我連跟我住在一起的人，都覺得很陌生的話，該怎麼辦？

醫生：妳的意思是，妳其實認識他，但是卻覺得不認識他？

女子：我不知道……或許吧……？

醫生：就好像妳寫過這些日記，但是妳卻覺得妳沒寫過。

（沉默。）

女子：妳剛剛有聽到什麼聲音嗎？（頓）他就要出現了，我可以感覺到。

醫生：妳說誰？

女子：那個男的，跟我住在一起的。（頓）還是說這一切都是你們串通好的？我們剛剛說的東西都被他聽見了對不對？

（女子開始四處檢查。）

醫生：妳先冷靜下來。

女子：沒有。他不在。但是卻好像又真的在。你們這邊的門都有鎖住嗎？還有大門對不對？大門也鎖住了嗎？全部都鎖住了嗎？回答我。

醫生：都鎖住了。

女子：但是沒有用，他身上有鑰匙可以打開所有的門，他一定會發現這裡，他就要出現了——他就要來了——

（沉默。）

醫生：沒有人，妳看，沒有人，只有我們。

（沉默。）

女子：真的……沒有。（頓）為什麼妳會有我的日記？

醫生：是我請妳寫的。（頓）妳已經來這邊一段時間了。但是沒關係，情況總是會不斷變化，這是很正常的。有的時候妳會忘記自己寫過的日記，那表示妳可能已經能抽離那些內容，也有可能是——

女子：所以妳真的不會把這些東西給那個男的看嗎？真的不會嗎？（彷彿聽到醫生跟她說了什麼）妳剛剛說什麼？

醫生：我剛剛說那表示妳可能已經能抽離那些……

女子：（彷彿又聽到醫生跟她說了什麼）我不知道——

醫生：什麼東西不知道？

女子：妳剛剛問我問題。

醫生：什麼問題？

女子：妳用一種很怪異的語氣問我說，我為什麼會在這裡？然後妳還說是因為我有罪。

醫生：我沒有這樣說，妳要相信我。這可能是只有妳自己才會聽到的聲音。

女子：……那我要怎麼辦？

醫生：聽到不好的聲音，妳可以跟它溝通，甚至拒絕它。如果妳越是恐懼，反而越會受到控制。

（沉默。）

女子：甚至不只是聲音，我最近好像還可以看見我弟。（頓）他會來找我，說一種我聽不懂的語言。他叫我跟他學，他說那是一種可以跟神明溝通的語言。

（醫生拿出一份日記給女子。）

醫生：那妳應該會記得這些日記。

女子：（唸日記）「弟弟後來因為吃素所以被抓走，他們說吃素是不好的行為要改過來，必須進行教育改造。」

（女子不想繼續唸。醫生繼續唸。）

醫生：「有一次我到龍山寺，看到一個人一直在跟觀音菩薩說話，他甚至說他可以聽見觀音菩薩在對他說話……我只覺得，他長得很像我弟……」

女子：先這樣，可以了。

醫生：沒關係，慢慢來。

女子：（四處檢查）那妳想他會聽見嗎？那個男的？沒有，外面真的沒有人。所以那個男的不會進來這裡，妳剛剛也沒有跟我說我有罪，然後這些日記都是我自己寫的。至少我可以確定，這些都是真的吧？

醫生：前陣子妳每次來，都只會一直說自己很好。我問妳感覺如何，妳會說：「很好啊。」然後我問妳在生活中跟別人相處的感覺，妳也一直面帶微笑說：「我很好啊，我很好。」所以，妳今天說了這麼多其實是一件好事。（頓）這些都是真的。

第四場：
女子家

（本場氛圍幽暗。場上有棉被與枕頭。女子與弟弟兩人窩在棉被中，作著語言練習。）

弟弟：如果。

女子：⋯⋯Sace。

弟弟：我們。

女子：mayam

弟弟：用眼睛。

女子：nayanehi。

弟弟：觀看。

女子：⋯⋯我說不出來。

弟弟：試試看。

女子：⋯⋯olokeyyama

弟弟：很好。

女子：有進步嗎？

弟弟：有，進步得很快。

女子：我說的時候會忽然很緊張。

弟弟：慢慢會克服的。繼續嗎？

女子：好。

弟弟：我們會看到。
女子：passeyyama。
弟弟：在世界上。
女子：loke。
弟弟：很多事物。
女子：……rupani。
弟弟：那我們再來一次。

（弟弟帶著女子再次翻譯一次完整的句子。）

女子：這真的是以前爸會教我們說的東西嗎？
弟弟：真的，小時候都要學。他說這樣才能跟神明溝通。

（頓。）

女子：所以你說你希望我幫你唸的內容是什麼？
弟弟：那個之後再說。（頓）誰叫妳連最基本的都忘了。
女子：是不是我唸完之後，你就會離開了？（頓）其實那個時候我聽到龍山寺的新聞，就有感覺到……但是只要我開始想自己該怎麼辦的時候，我就會整個身體動都動不了……（頓）所以你離開之後的那段時間，你是怎樣生活的？在那個你說的機構裡，他們都對你做了什麼？
弟弟：那段時間我過得還好啊，真的，就——還可以。倒是妳，還是跟那個男的住在一起。
女子：……我不知道還可以怎麼做。（頓）你要我去找誰？（頓）

一開始我告訴我自己說自己表現得好一點的話，你就會沒事，爸媽就會沒事。他是這樣跟我說的。

弟弟：那他對妳好嗎？

女子：他本質上不是一個壞人。也有對我好的時候。只是因為工作的關係，或許有一些比較粗暴的時候——你笑什麼？

弟弟：沒什麼。只是忽然想到以前爸說過，每個人都是一尊菩薩。

女子：……我還是沒有任何爸媽的消息。

弟弟：我也沒有。

女子：所以你還是沒有說，你都過得怎麼樣，不要一直說你過得還好，因為你也知道我不會相信……

弟弟：妳有想過要去什麼地方找我嗎？

女子：……我怕做了什麼事情對你不好。（頓）難道你想說這只是我的藉口？（頓）對，我有想過，我有想過如果我知道你再也不在這個世界上就好了，有一段時間我感覺自己一直懸在半空中。然後，我想通了，我必須先過好自己的生活。

（沉默。弟弟用棉被將自己包起來。）

弟弟：先不要說這個，欸——我們小時候是不是會用棉被把自己包起來，假裝自己是神明？像這樣。

女子：（也用棉被把自己包起來，配合弟弟的遊戲）喔對啊，像這樣，我記得。

弟弟：那你現在是什麼？

女子：我是……觀音菩薩。

弟弟：那我是媽祖。

女子：所以我們現在要做什麼？

弟弟：我們要派出天兵天將，去把壞人都打死，把那些對我們不好的壞人打死。去吧，天兵天將！然後……我們現在就是天兵天將，我是天兵，妳是天將。（拿起枕頭亂打）去吧——去死吧——

女子：（也拿起枕頭亂打）都去死吧——

（弟弟拿起枕頭開始攻擊女子，女子也開始反擊。兩人邊玩邊叫邊笑。）

弟弟：然後天兵死了。

女子：天將死了。

弟弟：觀音菩薩死了。

女子：媽祖也死了。

弟弟：是被石頭砸死的。

女子：被槍射死的。

弟弟：被催淚彈嗆死的。

女子：被汽油彈燒死的。

弟弟：被從高樓推下去摔死的。

女子：被丟進海裡溺斃死的。

弟弟：（用棉被包起女子）就像這樣。

女子：（想要掙脫）放開我，放開我啦，我不能呼吸了！

（弟弟放手。女子起身，將棉被披在自己頭上，哼起〈結婚進行曲〉的曲調。）

女子：你看，然後我現在變成新娘了。我看起來漂亮嗎？（頓）換你了，那你現在是什麼？

弟弟：（披起棉被）我的身體，妳摸摸看，好燙。他們那個時候就是這樣把我包起來，把火包住，把我抬走。（頓）然後我就這樣躺著，一直躺著。那個時候我希望有人會來。我希望妳來。

女子：你在說什麼？我記得我有去！我真的有去！雖然我一開始身體動彈不得，但是我記得我有跑出門，我記得——

弟弟：妳沒有出現。

女子：我有出現，我有——也可能我沒有……有的時候，我會覺得記憶不是屬於我的……

弟弟：甚至連我也忘了嗎？妳一開始甚至認不出我。（頓）其實我很高興妳一直問我，在我離開這裡以後的生活。這樣就夠了，我很高興。

（沉默。）

弟弟：我們小時候，有一次爸媽晚上自己出門，以為我們都睡著了，就不知道跑去哪裡，結果妳醒來發現他們都不在了，一下子不知道該如何是好，還自己把他們睡覺用的棉被疊成鼓鼓的樣子，假裝他們還在那邊。

（頓。）

女子：所以你要說了嗎？在你離開之後，你——

弟弟：我現在累了，之後再說。（頓）妳會有這種感覺嗎？很希望可以一直睡著，在睡覺的時候，好像就沒有人可以控制你，連自己也控制不了自己，有的時候，我甚至會覺得睡著的自己，才是清醒的。

女子：你可以把手伸過來嗎？（把弟弟的手拉進棉被裡）像這樣。可以再過來一點。

弟弟：怎麼了嗎？

女子：沒怎樣，就這樣放著，不要動。（頓）所以，你會希望一直留下來，還是讓我好好送你離開？

弟弟：我都希望。

（沉默。）

女子：對了，你在裡面的時候，他們都給你吃什麼，喝什麼？有喝可樂嗎？（注意到弟弟已經睡著）小時候大拜拜的時候，我們最喜歡看著神明像一尊又一尊繞過我們家的門口，結果有一次你興奮起來就喝了一罐又一罐為了拜拜準備的可樂，後來還喝到住院。我那個時候以為你要死了，我隔著棉被抱著你，當然你後來沒有怎麼樣，不過對我來說，你就像是又活了過來。對，你又活過來了，然後我們就繼續像這樣玩著扮演神明的遊戲。我沒有忘記。

（女子把棉被披在自己身上，抱起枕頭，離場。）

第五場：
教育機構

教育員：站起來。

（弟弟站起來。）

教育員：摺棉被。

（弟弟開始摺棉被。）

教育員：打開，重摺一次。

（弟弟重摺棉被。）

教育員：打開，再摺一次。

（弟弟摺棉被。）

教育員：你知道你為什麼會在這邊嗎？
弟　弟：因為……
教育員：因為什麼？（頓）因為你犯了罪。你說了一句大家都聽不懂的話，這是你的罪；虔誠祭拜神明，這是你的罪；你吃素，無緣無故在街上閒晃，這些都是你的罪。（頓）所以你要專心念書，學習改過。知道嗎？

弟　弟：知道。

教育員：還少一句話。

弟　弟：謝謝老師的教導。

教育員：唸課文。

弟　弟：我們人民在這裡，心中充滿了對祖國的熱情。市中心的廣場是市民最重要的休閒場所，不同民族與信仰的民眾都喜歡聚集在這裡，唱歌、跳舞、散步、跑步，廣場上還會舉辦各種文藝演出。廣場上的偉人雕像是我們城市的象徵，我們要永遠向他致敬。

教育員：很好，表現得很好。（頓）要說什麼？

弟　弟：謝謝老師的教導。

教育員：非常好。接下來，又到了我們一個月一次「說說內心話」的時間，等下一樣，我們會請大家說說這段時間以來你們發自內心的感受以及心靈的成長。記得要說出自己叫什麼名字，住在哪間房間，你為什麼進來，什麼時候進來，你們現在認識到自己曾經犯下但是已經改正的錯誤。然後也要請你們交上來這個月的日記，我們一樣會安排醫生在這裡幫助大家克服學習上的困難，教導大家調節情緒的方式。很高興的是，上個月有位學員在日記中提到，原本覺得跟這裡很疏遠，但是終於可以把這邊當作自己的家了，另外，也有學員提到感覺自己的生活每天都在變好。所以說最重要的是，大家要抱持著感恩的心情，一切都會很順利的。

（傳來城市暴亂喧鬧的聲音，又復歸平靜。）

第六場：
樣品屋

（導演與女子在場上。）

導演：那個，等一下妳就從那邊走過來，一邊走一邊說臺詞試試看。

女子：好。（準備就緒）世界上最簡單的幸福叫陪伴，孩子、牽手、家人，每一刻與摯愛共度的美好時刻，串成的甜甜蜜蜜叫人生，有溫度的感情親情在這裡的每一處角落，上演一幕幕家的風景……（頓）這樣可以嗎？

導演：很棒，沒有問題。還是……怎麼了嗎？

女子：……沒事。我只是以為會在一個更漂亮的地方拍這個廣告。

導演：更漂亮？

女子：我以為會是一個很完整的樣品屋。結果這裡什麼都沒有，感覺像是……

導演：這叫極簡主義。

女子：其實我想說的是……

導演：好好好，我知道我知道，反正先不要想那麼多，拍出來之後我們還會再去處理，搭配其他畫面，這妳先不用擔心。

女子：其實我想說的是……

導演：好，現在從上面的段落直接接到下一個段落試試看。

女子：（準備就緒）世界上最簡單的幸福叫陪伴，孩子、牽手、家人，每一刻與摯愛共度的美好時刻，串成的甜甜蜜蜜叫人生，有溫度的感情親情在這裡的每一處角落，上演一幕幕家的風景……其實我想說的是……

（以下這一個段落在呈現上也可以錄音呈現，與女子的其他臺詞並置出現）其實我想說的是，這當然是一座監獄，你不能逃跑，這裡沒有自由。到處都有監視器，所有的浴室都裝了監視器，我們一直被守衛監看著。你不能任意移動。你只能在他們叫你坐下的時候坐下，叫你睡覺的時候睡覺。每個人有兩分鐘的上廁所時間，如果你不夠快，他們就會用電棍打你的後腦勺，非常痛，他們會打很多次。但是在被打之後，我們還要說：「謝謝老師，我們下次不會這麼慢了。」有的時候我會哭得很厲害，我想念我的家。

You will always be her first love。結束一天的空中航程，今天，你和你的小公主有個約會，她穿著小洋裝，臉上洋溢著滿滿的微笑，蹦蹦跳跳著就像是自由自在的小白鴿，飛過無數的風景。長大之後，她會記得和爸爸的第一次約會，就在屬於你們的幸福城堡裡！（頓）這樣接起來可以嗎？……人呢？導演？

（女子發現導演已經消失。此時男子從後面出現，用一個黑色頭套把她套住。）

（城市的聲音。廟會繞境的聲音。）

第七場：
看守所

（在這一場中，女子全程戴著頭套。她與男子不會認出彼此。）

男子：配合一下。

（男子要女子坐在椅子上，拿了一顆包子給女子。）

男子：妳的晚餐。吃。

（女子隨便吃了幾口，身體不適地動了一下。）

男子：（凶狠地）叫妳吃東西不是叫妳動！有叫妳動嗎？聽不懂嗎？聽不聽得懂啊？（用腳踢椅子）再動以後就連吃都沒得吃。
女子：我……想要上廁所……
男子：知道為什麼抓妳嗎？

（沉默。）

男子：好好想想看妳為什麼會在這個地方。

女子：我在什麼地方？

男子：妳不需要知道，妳只需要想想，為什麼會在這裡。

女子：我可以通知……我認識的人嗎？

男子：家人？妳的父母？兄弟姊妹？還是妳想要叫律師？

女子：我就是需要通知一個人，至少讓一個人知道我在這裡。

男子：妳不可以。

女子：那我有什麼權利？

男子：妳沒有任何權利，妳只需要照我的話去做，乖乖回答我的問題就可以。

女子：我沒有什麼話好說，讓我回家。

男子：別這麼決絕，我們也是可以聊些輕鬆的……怎樣，伙食還習慣嗎？

女子：……你們這裡的東西……很難吃。

男子：很難吃？（笑）還挑東挑西？妳應該要想想看，是什麼讓妳墮入這個罪惡的深淵當中，是什麼毒素侵入了妳的腦中，讓妳做出這種事情？

女子：我做錯了什麼？

男子：妳好好想想。

女子：我真的不知道。

男子：……妳是不是處理了妳弟弟的屍體？

女子：……所以呢？

男子：罪大惡極。還有這個。

（男子放出女子幫忙弟弟唸經的錄音。）

男子：這是什麼聲音，妳在唸什麼？還幫他唸經。罪加一等。妳這麼做對得起妳父母嗎？你們這種人，一輩子到底追求的是什麼？當眾自焚，這是恐怖行為、瘋狂行為。（頓）是誰指使妳去動他的屍體的？這背後的主謀是誰？

女子：是我自己做的。

男子：妳知道妳現在的處境嗎？我要是在這裡挖個洞把妳給埋了，在這個世界上可是誰都不會發現。（踢椅子）知道嗎？知道嗎？

女子：我的腳在痛。

男子：（繼續踢椅子）妳腳還痛？那算什麼？為了確保社會安全，死幾個人都算不了什麼？憑妳就想進行顛覆？就憑妳？就憑妳？

（女子發抖。）

男子：怎麼了？抖成那樣？

女子：我好冷。

男子：好冷？喔——怎樣？在暗示什麼？想吃溫溫熱熱的東西嗎？我這邊有啊，想吃嗎？想吃說一聲啊。

（女子笑，無法控制地笑，然後暈厥。）

男子：醒過來，喂，醒來。

（男子試圖把女子叫醒。女子逐漸醒來。）

男子：醒來了嗎？怎麼了？妳生氣了嗎？（頓）不說話就是不生氣囉？

（沉默。）

男子：這樣還不生氣啊？那妳愛我嗎？（用手壓迫女子的雙頰，強迫她開口）妳愛上我了嗎？說啊，妳愛上我了嗎？我知道有人就是喜歡被用這種方式對待，妳是不是這種人啊？（笑）說真的，妳又不是殺人放火，幹嘛那麼大反應？（頓）我們就是吃這碗飯的，這就是我們的工作，也不是想特別為難妳。就像這樣，妳照我的話回答，妳輕鬆，我也輕鬆。再問一次，妳愛我嗎？

（沉默。）

男子：不說是不是？

（沉默。）

男子：真的不說？（頓）還是真的要找人通知妳父母？

（沉默。）

女子：……我愛你。
男子：叫老公。

女子：老公。

男子：說親愛的。

女子：親愛的。

男子：表現得很好，很聽話。（頓）會聽話就好了。

女子：（喃喃自語）Sace mayam nayanehi olokeyyama passeyyama loke rupani（「如果我們用眼睛看的話，我們會看見世界很多的事物。」）……

男子：安靜。（頓）安靜。（頓）不要說那種話，給我閉嘴。

（女子再次歇斯底里地笑著，暈厥。）

第八場：
房間

（女子逐漸甦醒，看見醫生。）

醫生：妳醒來了？感覺還好嗎？妳剛剛突然——
女子：妳怎麼會在這裡？
醫生：是妳自己來找我，還問我怎麼在這裡——

（女子四處查看。）

醫生：又來了，我說過很多次了，這裡很安全，不會有別人。妳看，不管妳檢查幾遍他就是不在。
女子：在我醒來之前，我覺得一切都……很真實。
醫生：妳感覺到什麼了？
女子：他把我關起來。（頓）還說我動了我弟的屍體，甚至替他唸經。（頓）但是我沒有，我真的——然後，我感覺自己又暈了過去，醒來的時候，就在這裡了。（頓。看窗外）從這裡看出去的景色，一直給我一種很平靜的感覺，不像我住的地方。（頓）我最近發現了一個很有趣的二手市集，那邊的人會賣一些不知道從哪裡來的舊鞋子跟衣服，還有皮箱、手錶什麼的……然後他們每次聚集的時間跟地點都不一樣，所以警察都找不到。

醫生：那妳怎麼會知道？

女子：知道的人就會知道。（頓）這邊還有沒有什麼我之前留下來的東西？

醫生：除了妳留下來的日記之外……噢，對了，有一次妳說妳想錄一段東西，要聽嗎？

女子：……好啊。

醫生：（放出女子的錄音）「爸，媽，希望你們現在一切都好……我這邊也一切正常、平安。等你們回來，早點回來。」（頓）有印象嗎？

女子：這真的是我的聲音嗎？

醫生：聽不出來嗎？這就是妳。

（沉默。）

女子：好像沒什麼用。

醫生：什麼意思？

女子：就算知道這些，也沒什麼用。就算我想起寫過的東西，也覺得離這些東西好遙遠。（頓）所以我現在該怎麼辦？如果我不想這樣下去的話……

醫生：……未來。妳可以試著去想像未來，一個可能實現的未來。去想像那會是什麼……

女子：我沒有辦法。

醫生：為什麼妳就不能相信自己？妳已經可以想起以前寫過的東西，甚至發現了只有妳知道的二手市集。先讓自己放輕鬆。

（頓。）

女子：妳知道讓我覺得最放鬆的時候是什麼時候嗎？是我自己吃蛋糕的時候。有一次我夢見我在一場婚禮上，我是新娘，然後我旁邊還有一個人，但是我不知道他是誰，我們什麼都沒說，但是我知道我們會照顧彼此，接著，我們一起切蛋糕，吃蛋糕。然後我就醒了，感覺很餓。大半夜的，我就拿出蛋糕吃了起來。從那之後，我好像就會在半夜吃蛋糕，有的時候，我甚至到早上醒來才發現自己已經把蛋糕吃完了，很好笑吧。

醫生：我也喜歡吃蛋糕。（頓）但是我不會半夜爬起來吃。

（兩人笑。）

女子：妳可以碰我嗎？碰我，用妳的手。（抓住醫生的手碰觸自己的身體）像這樣。或是這樣。

醫生：還好嗎？妳的身體感覺很緊張。

女子：我只是想知道被另一隻手正常碰觸的感覺是什麼。（頓）謝謝。

醫生：妳跟我見面的時候，有什麼感覺？

女子：我很喜歡。妳很好。（頓）但是這對我來說不像是一種治療。因為我沒有問題。

（頓。）

醫生：說真的，我想了很久，關於妳的狀態，我作了不同的假設，
也問了我應該問的問題，但我還是不能確定是什麼原因。
（頓）也許就像妳說的，可能現在真的一切都沒有問題，
我們也不用再去想過去的事情。（頓）所以妳才應該去想
像未來，就好像妳準備要搭上一艘船，順著河流航行，妳
要去面對河流深淺與水流的變化，隨著時間，妳就會越來
越熟悉這一切。

（沉默。）

女子：那個跟我一起住的男人說我們會有新的房子。
醫生：那妳可以去想像住進那棟房子的感覺，去想像從新房子的
窗戶看出去的風景，去感受對未來的期待。甚至妳可以試
著跟那個男的一起去想像一個共同的未來，一個屬於你們
的未來。

第九場：
女子家

（電視開著，發出雜音。女子躺在沙發上，沒有動靜。男子進場，衣服上有血跡與髒汙，他把電視關掉。他看見女子在沙發上看似睡著，搖醒她。）

男子：睡著啦？起來了，不要在這邊睡。

（女子起身，沒回應。）

男子：要睡就去房間睡。

（女子依然沒回應。）

男子：要睡的話就去——

女子：我在電視上好像看見爸媽。在一家工廠裡。（頓）節目在介紹一家工廠，裡面有很多重新經過訓練之後的工人，工廠裡有新蓋的宿舍，工作結束之後還有很多休閒活動，節目說他們生活得很充實。

男子：然後呢？

女子：沒有然後。

（沉默。女子似乎逐漸恢復到正常的意識狀態。）

女子：我剛剛睡著了嗎？（注意到男子衣服上的髒汙）今天又怎麼了？

男子：臨時又接到任務。

女子：很嚴重嗎……凌晨的時候，好像有聽到新聞說發布了緊急狀態……

男子：裝甲車都開到街上了，還放了催淚彈。那些死暴民要造反就算了，還偏偏選在週末放假的時候，破壞別人的休息時間。（看了看女子）擔心什麼？又不是第一次。（頓）而且跟妳也沒關係，妳又沒做什麼事，幹嘛擺出那種表情！

女子：（釋然地）對啊，我又沒做什麼……

男子：只要好好過生活就沒事了。

女子：好好過生活就沒事了。

男子：我就知道妳最聽話了。妳是不是最聽話的？

女子：我是。

男子：是什麼？

女子：我是最聽話的。

男子：那妳剛剛又去了哪裡？

女子：去哪裡？

男子：我是說神遊去了哪裡，最近妳好像越來越常這樣，忽然就不知道整個人去了什麼地方。

（女子以微笑帶過。沉默。）

女子：（注意到酒味）所以結束之後你們隊上又去喝酒了？
男子：喝啊，慶功，為什麼不喝？（頓）欸，妳知道嗎？看別人喝醉很爽！看到喝醉的人像廢物一樣讓別人扶著走，然後我還保持清醒，就會有種勝利的感覺，那種感覺很爽。（頓）怎樣，我很奇怪嗎？
女子：不會啊，為什麼會奇怪？（頓）但是你剛剛說的那件事情發生在什麼地方？
男子：在什麼地方……好像是在南京東路上吧？
女子：之前我才經過那裡。（頓）去買蛋糕。
男子：蛋糕還有嗎？
女子：有啊。要吃嗎？我去拿。

（女子去拿蛋糕出來。接著兩人吃起蛋糕。）

女子：你怎麼會忽然想吃蛋糕？
男子：因為我想要慶祝一件事情。
女子：什麼事？
男子：我們的新房子抽籤抽到了。
女子：真的抽到了？
男子：今天本來是要去確認房型，想說確認完再跟妳說，沒想到去看房子看到一半就被叫走。
女子：所以之後真的會搬進去？
男子：高興嗎？
女子：當然高興。（頓）只是最近不知道為什麼，都沒人找我拍廣告了。

男子：會不會是妳不小心做錯了什麼？
女子：我不知道。
男子：還是得罪了誰？
女子：沒有人跟我說。（頓）甚至有些原本談好的也都取消了。
男子：這種事情通常是不會明說的。反正妳現在就專心準備搬家就好。其他的都不用多想，妳又不缺那些錢。

（頓。）

女子：你覺得一個人在生命當中，應該追求什麼？
男子：追求什麼？就追求更好的生活啊，問這什麼問題。

（頓。）

女子：我前幾天看新聞說龍山寺要被拆掉，是真的嗎？
男子：之前就說過了，在那邊發生了那些事情，拆掉只是遲早的問題。
女子：是嗎？好吧。我在想——
男子：什麼？
女子：我在想像我們未來在那棟新房子裡的生活。
男子：（笑）噢。
女子：蛋糕怎麼樣？

（沉默。）

男子：天好像快要亮了，該去睡了。

女子：你知道你最近睡覺的時候會喃喃自語嗎？

男子：妳在說什麼？

女子：喃喃自語。「不要詛咒我，不要詛咒我。」「為什麼這裡都是屍體？」「我好痛苦，我好難過。真的。」（頓）然後你會抱著我哭，好像整個變成了另一個人，跟現在的狀態完全不一樣。

男子：騙人，不可能。

女子：真的，這個情況已經一陣子了。

男子：不要再說了。

女子：為什麼？

男子：就說不要再說了。

女子：還是你要不要去看醫生？

男子：妳說什麼？（頓）妳最近還有看到他嗎？

女子：他？誰？

男子：妳弟。妳最近還有看到他嗎？

女子：（笑）我聽不懂你在說什麼。（頓）我只是想關心你。你為什麼反應這麼大？我只是有時候會想說，如果工作壓力這麼大，你有考慮換工作嗎？我們不一定要去住那個房子，我們可以一起離開——有的時候我會想像我們就這樣——

男子：妳在說什麼？那是不可能的……

女子：為什麼不可能？

男子：不要問為什麼，有些事情沒有那麼多為什麼。要是現在臨時說不要，有可能會被上面懷疑，甚至被當作老鼠。

女子：什麼意思？老鼠？

男子：我沒說過嗎？（頓）噢對，我可能沒說過。（頓）就一開始，我跟隊上弟兄在受訓的時候，遇到好幾個特別會騷擾人的教官，不只是會騷擾，甚至是羞辱我們，然後在結訓的時候，上面要我們填回饋單，結果有人就把那些教官的行為寫出來，但是上面的人沒有追究那些教官的行為，反而把寫回饋的人還有他寫的東西公開給大家知道，不久之後，那個人就不見了。後來我才知道他們說這個叫作找老鼠。想要好好生活就要當一個人，不要當老鼠。上面配給我們好的房子，就是因為我還是一個人。（頓）所以不要再說這件事了，好嗎？

女子：好。

男子：什麼事情都沒發生，可以嗎？

女子：可以。

男人：該睡了。（頓）對不起，剛剛對妳那麼凶，我知道妳是在關心我……

女子：你剛剛說什麼？

男子：我知道妳是在關心我——

女子：的前一句。

男子：對不起，剛剛對妳那麼凶……

女子：再說一次。可以嗎？

男子：對不起……

（頓。）

女子：謝謝。

第十場：
女子家

（女子與弟弟在場上。女子身邊有一袋東西。沉默。）

弟弟：在裡面的時候，他們會一直說要我變正常，直到他們真的覺得我變正常了，才放我出來。出來之後，我反而覺得自己不再正常，或許，直到現在我都還是不正常，我會忽然對自己暴怒，甚至我會覺得自己瘋了。我不知道我該去哪裡，我當下在哪裡，我在哪條街上，在哪一座城市裡，在哪個國家，我甚至不知道自己在哪一座星球上，我好像迷失在整個宇宙裡。我只能到處遊蕩，我知道怎麼繞路行走去躲避所有的臨檢，就好像沒有人看得見我。

有一天晚上我走到河邊，看到一個男的，帶著他的妻子跟女兒，靜靜地往河流的方向走去。然後媽媽伸出手，想去碰觸河水。忽然之間，唯一的一盞路燈暗了下來，那個爸爸、媽媽，還有女兒就從我的視線消失了。在那一瞬間我想：那弟弟呢？他去哪裡了？他們家會有一個弟弟，或許那個媽媽之所以會把手伸進水裡，就是想去確認那個已經沉入水裡的弟弟會不會已經浮上來了——不要問我怎麼知道的，有的事情，你就是會知道，知道就是知道。

其實更多時候，我都是在想像要怎麼殺人，怎麼用各種殘酷的方式把那些對我不好的人都殺死。然後，有一天，我走到龍山寺，看著觀音菩薩，想到小時候做過的一個夢，在夢裡面祂沒有形象，只是一團金黃色的亮光，充滿了整個房間。我跟爸說過這個夢，他說，我跟觀音菩薩一定有一種特別的緣分，祂才會顯現在我的夢中。然後，我突然了解到我只是在承受必然的業報，而我對自己的憤怒跟所有暴力的念頭，只是惡性業報的果實，為了不要讓業報延續，唯一的終結方式就是自我消失，把自己焚燬。當我有這個想法的時候，我忽然覺得好輕鬆。在火焰當中，我知道祂會保護我，讓我解脫。

（沉默。）

女子：對不起。我不知道那次你走了之後，你就再也不會回來了。
弟弟：沒關係，真的。

（頓。女子慢慢從袋子中拿出幾塊彷彿來自佛寺廢墟的石頭與木頭。）

女子：這些是……龍山寺，還有其他寺廟被拆掉之後，廢棄不要的。我在一個市集上看到，就買了回來。

（女子繼續從袋子中拿出幾條嚴重汙損的布幔。）

弟弟：這些應該是……大殿的布幔。

女子：我之前在電視上有看到爸媽了，他們現在在工廠工作。

弟弟：好。

女子：我是說真的。

弟弟：我知道了。知道就好。

女子：那個時候你不應該留下我一個人。（頓）對不起，我應該說我不應該留下你一個人。

弟弟：那個時候沒有人知道後來會怎麼樣。就像妳說的，有的時候每個人只能先顧好自己的生活。

（弟弟拿出一隻觀音菩薩的手。）

弟弟：這是觀音菩薩的手。

（弟弟把觀音菩薩的手放到地上。用手對著祂膜拜。）

女子：說真的，我其實不相信這些東西。

弟弟：我相信。

女子：相信了也沒用。

弟弟：那妳相信什麼？

女子：相信什麼？（頓）我相信你。

（頓。）

弟弟：我沒那麼偉大。

女子：我不需要相信偉大的東西。

（女子拿起幾塊廢墟物件，像是在回想這些物件原本的擺放方式。）

女子：這些石頭。（頓）你還記得它們原本的位置嗎？
弟弟：我看看……

（兩人開始擺置石頭與木頭。）

女子：（喃喃自語）這個是在這邊……
弟弟：在這邊吧。
女子：不對，這個應該是在那邊……
弟弟：喂，妳剛剛說妳不信是騙人的吧，妳明明記得比我清楚。
女子：然後這個是在這邊……記不記得其實不重要，因為這是一間只屬於我們自己的寺廟。（頓）觀音菩薩的手呢？

（弟弟把觀音菩薩的手給她。）

女子：這個應該要這樣放。
弟弟：不對，應該是這樣。
女子：這樣才對。（頓）但是只有一隻手，還能叫作觀音菩薩嗎？祂會在嗎？
弟弟：妳可以問祂在不在。
女子：怎麼問？

弟弟：就說，祢在嗎？
女子：祢在嗎？

（頓。）

弟弟：祂說祂在。
女子：好。所以接下來是這邊，然後是這邊……

（女子將寺廟的廢墟殘骸擺放完畢。）

弟弟：所以，妳現在可以唸了嗎？之前我教妳的那些東西。
女子：我不會。
弟弟：又來了，妳之前明明就學會了。
女子：所以你不會再回來了嗎？

（頓。）

弟弟：我記得妳之前學會了，還是我們再來練習一遍？Idam me natinam hotu……（「願此迴向我們的親人」）
女子：如果有一天我搬走了呢？（頓）如果你還會回來的話呢？你找得到嗎？（頓）你找得到嗎？
弟弟：我不知道。我只知道我不會忘記這裡。

（沉默。遠方傳來誦經聲。）

第十一場：
房間

女子：他真的消失了。

醫生：誰消失了？

女子：我弟。我知道他不會再出現了。

醫生：所以妳最後還是唸完了他要妳唸的那些——

女子：我答應他的。

醫生：現在妳不怕隔壁會聽見了。

女子：隔壁？（頓）什麼隔壁？

醫生：沒什麼。

（沉默。）

女子：想像未來，真的不是一件容易的事。（頓）我們可以作朋友嗎？（頓）還是我們可以不用再見面了？我一直來找妳，好像是我自己一直好不了。妳會很挫折，我自己也是。

醫生：不用這樣想。

女子：我當然還會想跟妳見面，但是是用另一種身分，而不是現在這樣。（頓）妳也有在寫日記嗎？有的話，可以讓我看一下嗎？還是妳唸給我聽也可以。（頓）我想要知道，另一個世界。

醫生：另一個世界？

女子：另一個人所感覺到的……世界，我需要另一種感覺世界的方式……可能那會比其他方式都還來得有用……而且我們雖然一直見面，但是我都不知道關於妳的事情……

（醫生拿出自己的日記。）

醫生：真的想聽？

女子：真的想聽。

醫生：最近工作很多，難得今天放假，一早起來發現整個人都空掉了，空掉很好，一天的開始，什麼雜念都沒有，什麼打擾都沒有。但是，我還是想起了我的那位女病人，她一直擔心龍山寺會被拆掉，聽起來真的是無稽之談，已經請她寫日記一陣子了，不知道會不會有幫助。不過，我自己也好久沒去龍山寺那了。我還想到在二二八國家紀念館那邊有個展覽，之前有朋友叫我一定要去看，離我住的地方比較近，就先坐車過去看了一下。是個攝影展，名稱是「集中營再現」，展場展出的是一張張的人像照片……展覽不大，很快就看完了，現場工作人員走過來跟我說明了展覽的來由，他們說這個展覽已經在紐約、倫敦、巴黎、東京這些地方辦過，現在才來到臺北，我問他有很多人來看嗎？他給了一個模稜兩可的回答，然後跟我說了一下集中營裡面發生的事情，細節我都忘了，他最後給了我一些傳單跟資料，包含一個集中營的資料庫，在網路上……還要繼續嗎？

女子：繼續，我在聽。

醫生：坐捷運到了龍山寺站下車之後，忽然有一種很懷念的感覺，雖然我也不知道我在懷念什麼。龍山寺、觀音菩薩、參拜的人、觀光客，都還是那個樣子。看著那些燃燒的燭火，我想到在京都有一座寺廟，裡面有一座燭臺點的燭火燃燒了超過一千兩百年，他們把它叫作「不滅的法燈」。一千年……然後我忽然在想龍山寺有可能保存一千年嗎？那會是在……2738 年，那個時候，臺北會變成怎樣？臺灣又會變成怎樣？龍山寺也真的可能已經不在了，所以她的妄想也不一定是一種妄想。但是事物的存續該怎麼計算呢？難道已經毀壞的，不能再重建嗎？

那天剛好遇上大拜拜，我看著街上忽然被點燃的鞭炮還有大量的煙霧，有那麼一瞬間我以為這是一場城市游擊戰，接著我看到一尊又一尊巨大的神像穿過煙霧出現，走過我的面前，像是顯靈一樣。然後是西門町，穿越中華路時，已經是傍晚了。我看見一幅巨大的時尚廣告，穿著冬天大衣的模特兒們，我看著他們的笑容，他們笑得好好看……。自由廣場意外地人很少，前不久經過這裡的時候還有一群人在點燈紀念，好像是在紀念自焚的人，也是有很多照片，但是我沒一個記得的，這應該也是正常的吧？只不過，我又想起了那個女病人的妄想。

女子：然後呢？接下來妳去了哪裡？

醫生：天色完全暗下來之後，我走路回家。我原本還打算去聽一場演唱會，但就忽然決定不去了。中山南路，凱達格蘭大道，徐州路，濟南路，青島東路，北平東路，長安東路，南京東路……我沿著南京東路走路回家。

回到家後，我洗了澡，打開電視，我習慣性地從一台轉到另一台，再轉到另一台。我不知道我自己有沒有專心在看，但是我卻一直想起她說的那些東西，那些她的妄想。在那個瞬間，我覺得她的想像好像才是真實的，比起眼前的這些更加……

我關上電視，然後……然後我打開電腦，我忽然想到今天拿到的那個資料庫的網址，我沒有想像過有這種網站的存在。輸入網址，enter，讀取網頁。資料庫已經有一千多筆的資料，上面寫說是那些失蹤的人的家人提供的資料，但是不知道為什麼，我只能停留在編號 1327 這個檔案上面，往前跟往後搜尋資料都出不來，或許網站還是有些什麼問題吧。編號 1327 這個檔案，是一個女子，上面有她的照片，生活照，還有她的房間的照片，她的家人還上傳了一些關於她的文件，一種我讀不懂的文字。是日記嗎？還是什麼？我一頁又一頁點擊下去，但是我還是不知道。

（場外逐漸傳來演唱會的聲音。醫生也逐漸變得不是在讀日記，而像是在跟女子說話。）

看著看著，我的腦海忽然一片空白。我不知道我該做些什麼，我在這裡做什麼？我看著她的照片，她的眼睛，我想到我的女病人，我又繼續看著她的臉，同時在電腦螢幕上看著我自己的臉。我問我自己，妳在做什麼？然後我的腦海閃過一個念頭：「其實是妳瘋了。」妳怎麼會想要去想像她的內在世界、她的記憶、過去、身世、渴望、她所想像的未來……？不可能，我能想的都只是我自己的胡思亂想，沒有用的，我關上電腦……然後……我又打開電腦，把那些不知道是什麼文字的文字丟進翻譯軟體裡面，試著從關鍵字去拼湊可能的故事……複製，貼上，翻譯：「男人。健康。神。一堆垃圾。」（頓）所以這句話是……今天一個男人到——家中，說要來看我的精神——健康——離開之前——說——妳的神是一堆垃圾。複製，貼上，翻譯：「夢。弟弟。遊戲。頭套。」（頓）夢見弟弟——我們——玩遊戲。路邊看到人——套著頭套——裡面會不會有他？還是說，希望裡面不會有他……就這樣持續複製，貼上，翻譯：「該去哪裡。罪犯。我。不是。」（頓）我不知道該去哪裡，當下——在哪裡，在哪條街上。（頓）為什麼我感覺我自己——是個罪犯——我不是。然後……我真的把電腦關上。（頓）妳在哭嗎？（頓）妳還好嗎？

女子：我還好。（受到演唱會聲音的吸引）那是什麼聲音？

醫生：……妳聽到了什麼？

女子：我好像聽到演唱會的聲音。……很好聽。（頓）我可以問妳最後一個問題嗎？（頓）龍山寺還在嗎？

醫生：……龍山寺當然還在。這是什麼問題？

女子：好。（頓）那我們之後可以一起去聽演唱會嗎？妳那天沒去聽，一定很可惜。（頓）可以嗎？我們一起去？我查一下，確定好時間跟地點之後跟妳說，可以約在小巨蛋那邊的捷運站，然後我們早一點到，先一起去吃東西。

（沉默。）

女子：……剛剛你有說什麼嗎？
醫生：妳……又聽到什麼了嗎？
女子：沒有，我什麼也沒聽到。（頓）我好像很久沒有像這樣，自己作決定。（頓）所以下次我們就在約定的時候見面，可以嗎？
醫生：……當然沒問題，約好之後我們一起去。

（充滿演唱會的聲音。）

第十二場：
女子家

（男子爛醉，在恍惚狀態當中。）

男子：（唸著口號，並同時作基礎訓練的動作）依法執勤，保衛國家，保護人民——依法執勤，保衛國家，保護人民——（轉換成另一種狀態，彷彿聽到長官命令）是！報告長官！打爆！是！要打爆他們！（頓。發現地上有觀音的手，他沒有意識到那是什麼，把它當作槍）是！瞄準了！射！射！射！是！射中了！報告，他的另一隻眼睛還在看我！他的另外一隻眼睛……（轉換成另一種狀態）為什麼你要這樣看我？為什麼你的眼睛……我看著他，才發現他不超過十五歲，一個年輕人的眼睛裡面有恐懼、憎恨、憤怒。為什麼？……為什麼？……你的嘴巴在動，你想說什麼？啊？為什麼現在這麼安靜，然後我聽見你大叫：「媽媽！媽媽！媽媽！」……什麼啊？媽媽？媽媽？他們那個時候也是這樣跟我說，那個時候我幾歲？他們說：「你想看到你媽媽嗎？想的話你就——你就——你就——」至少你還有媽媽……你在嘲笑我嗎？那是什麼眼神？現在是在求救了嗎？求饒了嗎？還是在笑我？你他媽的給我去死！砰，砰，砰！（唸著口號，作基礎訓練的動作）依法執勤，保衛國家，保護人民——

（男子癱在地上。）

第十三場：女子家

（清晨。女子披著棉被，吃著蛋糕。男子出場。）

男子：怎麼不回房間睡？自己披著棉被坐在那邊。（頓）有時間坐在那邊，說要準備搬家的東西也沒看妳在準備。

（沉默。）

女子：我不喜歡，那邊的顏色。
男子：什麼顏色？
女子：房子的顏色。
男子：房子都是那種顏色。
女子：我不喜歡。
男子：這些都不是理由。（頓）妳最近還有再看到他嗎？
女子：誰？
男子：妳弟。
女子：最近？沒有。
男子：妳最近還有去看醫生嗎？
女子：已經一陣子沒去了。
男子：不用去了嗎？

女子：不用。

男子：自從妳說妳看見妳弟之後，我就覺得這個地方怪怪的，不管妳怎麼想，我們一定要搬走。妳知道我們可以搬進去那邊有多幸福嗎？

女子：我知道。

（沉默。）

男子：妳真的知道嗎？我跟妳說，副局長自殺了。

女子：副局長？

男子：之前說過的，處理龍山寺自焚案的。

女子：還因此記功，我記得。那時候聽起來很好，怎麼就自殺了？

男子：他的臉，那個時候被火燒傷的部分，雖然痊癒了，疤痕卻一直沒辦法消除。之後他即使不在執行任務的時候，都會覺得別人在看他……知道他是誰……又做過什麼事情，就這樣，他說他的心理壓力越來越大，甚至晚上還會夢見屍體朝他奔跑過去……然後他睡不著就會去狂喝酒，聽說還會在街上自言自語大吼大叫，有人聽到他在喊媽媽，有人看到他在做一些奇怪的動作，就這樣持續了一個禮拜，最後他就自殺了。妳不覺得這像是一種詛咒嗎？

女子：……聽起來更像是一種解脫。

男子：天哪妳在說什麼——重點是妳要知道妳現在有多幸福，副局長辛苦了那麼久，現在呢？什麼都沒有了。

（沉默。）

男子：所以妳想搬家嗎？新家比這裡舒服很多。新的地方比這裡好。

女子：我不知道。

男子：妳不可以不知道。妳想搬家對不對？說，對不對？

女子：但是為什麼一定要搬？（頓）為什麼我們不能說我們不要？我覺得現在住在這裡很好。

男子：我們不可以不要，這個妳早就知道了，這是我最後一次說了，我們不可以不要，沒有為什麼，我們不可以作出奇怪的決定讓上面懷疑，這會帶來什麼後果妳知道嗎？

女子：我知道，你說過。（頓）你有沒有發現最近你的衣服有些地方都洗不太乾淨？

男子：什麼衣服？

女子：就衣服啊，你在穿的時候都沒發現？

男子：哪有啊？就跟原本一樣啊？

女子：不一樣。（頓）洗不乾淨，不知道是在路上還是地上沾到什麼東西。還是你自己喝酒喝太多吐出來的東西還是什麼。（頓）就跟副局長的傷疤一樣。

（沉默。）

男子：妳剛剛說什麼？

女子：沒說什麼。

男子：妳不要再說那種話。妳想暗示什麼？說到這個，我正想問妳——（找出觀音菩薩的手）我在整理東西的時候發現的。妳說，這是什麼？

女子：一隻手。

男子：什麼的手？

女子：我不知道。

男子：妳從哪裡找來這種邪門的東西？

女子：在一個市集。

男子：所以這到底是什麼？不說的話我就摔爛它。

女子：不要——

男子：那妳說，這是什麼？

女子：那是觀音菩薩的手。

男子：妳故意的對不對？

女子：我買這個是因為賣的人跟我說這個東西會帶來好運。（頓）我們可以在新家找一個地方來供奉祂。

男子：好運？供奉？這種東西只會帶來詛咒。（頓）妳自己去摔爛它。

女子：你說什麼？

男子：摔爛它。我要妳摔爛它。

（女子拿起觀音菩薩的手。沉默。）

女子：我要先問問看祂。（對著觀音菩薩的手）祢願意嗎？（頓）祢願意嗎？（女子果斷地摔爛觀音菩薩的手）祂說祂願意。

（沉默。）

女子：你看我最聽話了。（頓）你要吃蛋糕嗎？

男子：……所以妳要開始準備打包東西了嗎？

女子：蛋糕吃完我就去準備。你知道嗎，我去買蛋糕的時候，他們切蛋糕用的刀子都被用鐵鍊固定在廚房裡面，刀子上面還有編號。

男子：不是已經這樣一陣子了嗎？

女子：對啊。（頓）但是已經習慣的事情，有的時候仔細想想其實還滿奇怪的。（頓）我只是在想是什麼時候開始刀子會被鐵鍊綁住，而且還被加上編號……刀子上有編號，但是叉子沒有，湯匙也沒有。

男子：應該，因為刀子比較危險。

女子：對，刀子比較危險。

（窗外彷彿有落雨聲。）

女子：好像下雨了。（頓）天氣開始變冷了。

（頓。）

男子：妳的蛋糕吃完了。

女子：（看窗戶外面）今天風也變得比較大。

（女子拿起叉子，觀察。）

男子：妳在看什麼？

女子：叉子。

男子：我有看到，我是問叉子有什麼好看的，看那麼久？妳剛剛不是說吃完蛋糕就要去——

女子：你最近有去那間沒在用的房間嗎？

男子：說到那間房間，我前幾天才把裡面的東西清乾淨，之前就說搬家的事情要趕快處理……

女子：在那個房間裡有一個女的，穿得像是醫生的樣子，她會跟我說話。然後我會以為你在外面都聽得見。你有聽見過嗎？（頓）下個星期五晚上六點，我跟她約在小巨蛋捷運站那邊的三號出口碰面，我們會先去吃東西，然後我們會去聽演唱會，演唱會會在七點開始。我已經決定好要這樣做了……

（沉默。）

男子：妳說完了嗎？說完的話就準備——

女子：你真的沒有看到過嗎？

男子：看到過什麼？

女子：我弟，當他出現在這裡的時候，就在你現在坐的位置。你真的沒看到過他嗎？

男子：怎麼又來了？

女子：回答我。

男子：誰看過啊？我又不是妳。

女子：你又不是我。

男子：可以不要再提起這個話題了嗎？妳就不能正常點嗎？

女子：我只是在想，如果我們搬走的話，他回來就找不到我了。

男子：⋯⋯妳剛剛明明說妳已經都沒看到他了⋯⋯

女子：那是因為他還沒有回來。要是他再回來，就看得到了。你真的沒看到過嗎？（頓）之前這個地方讓我覺得很陌生。但是現在不會了。（比劃著）他就在這裡，這裡是屬於他的。

男子：你再說一次——誰的？

女子：我弟的。

男子：夠了⋯⋯

女子：你真的沒有看到過他嗎？

男子：我說妳真的夠了⋯⋯妳愛我嗎？

（女子用叉子戳進男子的眼睛。）

女子：（持續用叉子戳男子眼睛）你真的沒看過他嗎？你真的沒看過他們嗎？為什麼你看不到？要是你看得到就好了，為什麼你看不到？為什麼——

男子：（掙扎，發出痛苦的聲音）我的眼睛，我的眼睛⋯⋯

（男子甩開女子，奮力起身，想辦法找到門離開。）

女子：（喃喃自語）之前我覺得這裡很陌生，但是現在不會了——就在這裡——我本來就應該待在這裡——之前有的時候，我會問自己為什麼我會在這裡——但是現在，我終於知道了——

（女子開始收拾客廳。）

（雨聲。越下越大。）

第十四場：
女子以前的家

（女子坐在沙發上，她起身看了看窗外，又回到沙發上。不久後電鈴聲響，女子開門，男子進。女子像是與男子第一次見面。男子帶著一袋食物。）

女子：你就是通知上面說會來的……

男子：對。（頓）針對父母離家參加職業培訓的家庭，我們會作進一步的關心跟了解。

女子：……請坐啊。

（男子坐。將袋子放在桌上。）

女子：所以我爸媽他們去了哪裡？

男子：他們去學習新的技能，為了適應新工作的關係。妳不用擔心。最近這種計畫很多——

女子：他們什麼時候會回來？

男子：很快，如果表現好的話。妳只需要知道他們這樣做是為了你們好，讓你們有更好的生活。所以現在只剩下妳跟妳弟弟，沒錯吧？不過不用擔心，我就是來負責照顧你們的。

女子：照顧？

男子：是啊，照顧。上面都安排好了。

男子：失去親人……我是說，暫時失去親人對你們不太好，總是要有人照顧妳跟妳弟，何況你們都還沒在工作吧？

女子：我有在打工。

男子：打工？在哪裡打工？

女子：接一些廣告拍攝之類的影像……

男子：妳弟呢？

女子：他沒有。

男子：他沒有工作……那他怎麼沒在家裡？

女子：他只是出去閒晃。

男子：沒有什麼特別事情的話，還是別在外面走動。

女子：為什麼？

男子：沒什麼，只是說或許別人會覺得他是要去找他的父母，還是什麼的。

女子：……那又怎麼了嗎？

男子：表示你們可能精神上的狀態還很需要照顧，我們就會找出更適合你們的照顧方式。

女子：……我聽不懂。

男子：沒關係……還是我們先來吃個東西？（示意袋中食物）剛買的包子。

女子：吃的東西我跟我弟可以自己處理沒關係。

男子：我都已經買了，就一起吃吧。

（女子不動。）

男子：不吃嗎？

女子：你想吃你可以先吃。

男子：還是你們只吃素？

女子：沒有特別怎樣。

男子：你們家裡有在吃素嗎？妳也可以不回答。（頓）不過如果妳願意配合，或許對妳的父母也有幫助。

女子：……只有我爸吃素。

男子：妳真的不吃嗎？

女子：先等我弟回來……你等一下。

（女子似乎藉由要去確認弟弟是否要到家而離場。男子拿出一本小簿子，在上面記錄下他剛才觀察到的重要細節。不久後，女子回來。）

男子：還沒看到人嗎？

女子：應該快了。

男子：他知道我要來嗎？

女子：我沒特別說。

男子：為什麼？

女子：他比較敏感……

男子：敏感？

女子：我的意思是，他不需要知道……太多東西。

（頓。）

男子：妳想要讓妳的父母聽見妳的聲音嗎？
女子：什麼意思？
男子：（拿出錄音筆）或許我可以幫得上忙，幫妳錄一段。
女子：我該說什麼？
男子：可以想想。

（沉默。）

男子：可以了嗎？他們聽到會很高興的。

（女子點頭。男子開始錄音。）

女子：爸，媽，希望你們現在一切都好……我這邊也一切正常、平安。等你們回來，早點回來。（頓）你剛剛說如果我們表現得好，我爸媽就可能會比較快回來，是嗎？
男子：是有這個可能。
女子：表現得好是什麼意思？
男子：就是看妳怎麼表現。妳慢慢就會知道了。

（弟弟背著背包進場。男子將錄音筆收起。）

弟弟：……這位是？
女子：一位朋友。
弟弟：之前沒看過。
女子：最近認識的。

弟弟：……（對男子，遲疑地）你好。
男子：你好。（對女子）是弟弟嗎？
女子：對，他是我弟。
男子：（對弟弟）要吃東西嗎？包子。

（弟弟遲疑地看向女子。）

弟弟：（對女子）Ko paneso ？（「這是誰？」）

（女子不知該如何應對，也發現自己說不出話來。）

弟弟：Ma tvam papamitte upasankama（「不要靠近壞朋友。」）
男子：（對女子）他在說什麼？
女子：沒事。
男子：可以說我聽得懂的話嗎？
女子：……他剛剛是問我說，該吃嗎？他說不好意思。
男子：別客氣啊。
弟弟：我現在不吃肉。
男子：不吃肉？
弟弟：我剛開始吃素。
女子：之前沒聽你說過。
男子：不好意思，我應該要考慮到吃素這一點的。不過，有什麼特別的原因嗎？
弟弟：沒什麼特別的原因。（頓）你今天來找我姊……是有什麼事情嗎？

男子：主要還是因為……我知道你爸媽的事情，所以你姊姊，想說有個人比較好照應……（輕輕摟住女子）是不是？

女子：（想抗拒，但無法明確拒絕男子的肢體接觸）可能需要他幫忙一陣子。

弟弟：噢，之前沒聽妳說過。

女子：（試圖掙脫男子）……是啊。

男子：我可以參觀一下你們的房子嗎？

女子：……你可以……先自己看看……

（男子離場。）

弟弟：Ma tvam papamitte upasankama。（「不要靠近壞朋友。」）

女子：噓。（去看了一下男子在何處）……不要這樣說話，不然他會聽到。

弟弟：妳什麼時候有這個朋友的？

女子：……其實我不認識他。

弟弟：妳不認識？……那他是誰？

女子：我也不知道他是誰。但是他好像就是跟爸媽的事情有關，之前有接到通知。

弟弟：妳沒跟我說。而且妳剛剛為什麼？

女子：因為這一切太突然了，我不知道該怎麼解釋。

弟弟：為什麼妳之前沒跟我說有什麼通知？

女子：我想說這不是什麼重要的——

弟弟：等下立刻請他離開。

女子：我怕如果我們做錯什麼的話，或許會影響到爸媽。
弟弟：會影響什麼？
女子：我不知道，只是直覺。

（頓。）

弟弟：隨便讓一個人這樣進來，妳自己不覺得詭異嗎？
女子：他看起來沒有惡意，這只是他的工作。
弟弟：工作？
女子：或是……之類的。（頓）至少他目前看起來，我覺得還好……
弟弟：哪方面還好？他剛剛隨便碰妳。
女子：他說如果我們配合，表現得好一點，對爸媽可能會有幫助。

（不久，男子上場。）

男子：（注意到包子）你們都不吃嗎？這個再不吃就不好吃了。

（男子吃起包子。然後，拿起一個放在女子嘴巴前。）

男子：吃一個試試看。（頓）都拿到妳面前了。吃啊。

（女子遲疑了一下，但像是為了避免僵持的狀態，所以還是開口吃了。）

男子：好不好吃？要不要再吃一口。

（男子摟抱起女子，肢體動作比之前更加大膽露骨。他將包子再次放到女子嘴前，女子無法抗拒地又吃了下去。弟弟看著一切，一時不知作何反應。）

男子：這樣才對嘛，這樣才乖。（注意到一動也不動的弟弟）你真的不吃嗎？吃素真的有那麼重要嗎？
弟弟：……我覺得時間也不早了……你是不是應該……？
男子：我打擾到你們了嗎？
女子：（見勢掙脫男子）是啊，時間也差不多了。你還需要知道什麼嗎？
弟弟：那個——姊，我肚子也餓了，可以幫我看看有什麼東西可以弄來吃嗎？謝啦。
女子：噢，好，我去看看廚房還有什麼。

（女子離場。）

男子：我剛剛到裡面去看，有看到一個房間滿大的？

（沉默。）

男子：小弟，不用那樣看我。我只是問個小問題，你想配合也可以，不想配合也沒關係。

（沉默。）

弟弟：那是我爸媽的房間。

男子：噢，現在沒人用好像有點可惜。

弟弟：他們很快就會回來。

男子：是啊——也是有可能。但是如果之後有人要來照顧你們的話，那個房間用起來倒是滿適合的。（頓）我剛剛聽你姊說你現在沒工作，怎樣？還是你想要來我們隊上工作？我可以幫你介紹。

弟弟：我不需要。

男子：別那麼快拒絕，考慮一下，對你只有好處。你就把我當成一個大哥，大哥總是要照顧小弟。不要那麼封閉自己，要開放一點。（頓）我之前之所以會有現在的工作，也是差不多在你這個年紀，遇到一個大哥願意幫我介紹。進去裡面很快就會習慣的。（頓）你知道我進去之後第一個任務是什麼嗎？（頓）跟我哥有關，想聽嗎？（頓）有些事情做了一陣子習慣之後，就不是那麼難了。

弟弟：你真的習慣了嗎？（頓）其實你剛剛聽得懂我在說什麼，對不對？

男子：……你現在應該想的是自己的未來，好好考慮我剛才跟你說的，這是我發自內心的建議。

（女子上場。）

女子：（對弟弟）我剛剛加熱了一些東西，等下想吃就可以吃。

男子：那我看今天就先到這邊，反正以後有得是機會。（對女子）妳有什麼要說的嗎？還是有什麼問題？

（女子沉默。）

男子：不說話？……還是妳希望我現在就立刻留下來陪妳？
女子：我沒有什麼要說的。
男子：不希望我繼續陪妳嗎？我好失望。
女子：我知道上面作的安排是對的，你們怎麼做都是最好的。但是，你一定要把你剛剛錄下來的東西……讓我們的爸媽知道。
男子：放心放心。不要一副那種表情，來，笑一個。

（頓。女子笑。）

男子：對。妳笑起來很棒，應該要多笑。（對弟弟）那小弟你呢，有什麼問題？好好考慮一下我剛剛跟你說的。（頓）對了，誠心建議，如果沒有什麼特別的原因，還是不要吃素對你比較好，會比較正常。

（男子準備離場。）

弟弟：等一下。（從背包當中拿出一顆蘋果）這一顆給你。Sada sotthi bhavantu me（「願我們永遠安樂。」）。

（男子拿了蘋果，離場。）

弟弟：Asappurisa parivajjetabba。（「惡人們應被迴避。」）

女子：噓。不要用這種語言說話。

弟弟：他都走了！ Asappurisa parivajjetabba。

女子：我知道。（頓。嘗試用弟弟使用的語言回答他）ma……ma……yam……你看，我忽然就說不出來了。（頓）而且你不知道他什麼時候會回來。

弟弟：他之後真的會住進來嗎？他剛剛有提到爸媽的房間——

女子：我不知道。（頓）你在想什麼？你什麼時候開始吃素了我都不知道。

弟弟：在爸媽回來之前，我會一直吃素。（頓）我想去一趟龍山寺。

女子：現在這個時間？你才剛回來。

弟弟：還不算太晚。

女子：怎麼忽然……？你只是要去那邊嗎？還是說在那邊準備要……

弟弟：就忽然想去。

女子：不要太晚回來。（找出一塊小牌子）你把這個帶著。我幫你寫好了，上面有你的名字、年齡、聯絡電話，還有地址。如果有人想要抓你還是幹嘛的時候，你就把這塊牌子隨便丟給旁邊的人，然後大叫自己的名字，記得要大叫。

弟弟：其實妳也知道，爸媽很有可能不會再回來了。

女子：他們很快就會回來。

弟弟：什麼都不做，不會改變什麼。

女子：我知道我自己在做什麼，我知道。（頓）到了龍山寺，幫我求個平安。

弟弟：會的。

女子：幫爸媽也求個平安。

弟弟：會的。

女子：還有你自己。（頓）你覺得龍山寺會消失嗎？

弟弟：不會吧？

女子：很奇怪的問題嗎？

弟弟：有點奇怪。（頓）先走了。

女子：一切平安。

弟弟：一切平安。

（弟弟背起背包離場。女子把桌上剩下的包子丟進垃圾桶。她感到一陣茫然，看向窗外，良久。女子感受，且聽見了什麼，女子說的話彷彿是複誦她聽見的另一個聲音。）

女子：不對。

（沉默。女子彷彿聽見了來自未來的聲音，她彷彿也看見了即將到來的一切，並思考著這一切以外的可能性。女子說的話彷彿是複誦她聽見的另一個聲音。）

女子：或許我不應該待在這裡。

（沉默。女子說的話彷彿是複誦她聽見的另一個聲音。）

女子：或許——我應該跟你一起去。

（女子走到門口，猶疑著。隱約傳來交錯的寺廟環境聲、鐘鼓聲、儀式聲、誦經聲。城市中的各種聲音。）

（劇終。）

評論
從真實碎片中閃現的構劇政治

文／辜炳達（國立臺北科技大學應用英文系副教授）

「真實無論以何種面貌出現，總已化為碎片與痕跡，但是這些存留的碎片與痕跡可以重新進行配置，成為現實與鬼魂之間的交會場域。」[1]

——陳建成，〈想像力、真實與主體性〉

當談論劇作家陳建成的編劇風格時，劇評人經常拋出以下褒貶不一的關鍵詞組：「抒情性」、[2]「文青式」、[3]「政治性淺弱」、[4]「頗有契訶夫劇作色彩」、[5]「運用社會事件和重大議題」、[6]「超現實時間結構中的擬態日常」。[7]這些指向兩條迥異系譜——一條

1 陳建成。〈想像力、真實與主體性：論愛德華·邦德晚期戲劇理論與《咖啡》〉。《戲劇學刊》33（2021）：頁136。
2 吳岳霖。〈難以返還的日常：《日常之歌》〉。《表演藝術評論台》。
3 葉根泉。〈被隔絕在玻璃魚缸內的情感：《日常之歌》〉。《表演藝術評論台》。
4 林乃文。〈政治性淺弱的《日常之歌》〉。《表演藝術評論台》。
5 吳政翰。〈不生不活的日常生活：《日常之歌》〉。《表演藝術評論台》。
6 林子策。〈巨大卻失焦的投問：《解》〉。《表演藝術評論台》。
7 羅倩。〈黑暗、打光與歷史幽靈：《在世紀末不可能發生的事》〉。《表演藝術評論台》。

彷彿返祖契訶夫式潛臺詞深邃的十九世紀末社會寫實主義，另一條卻呼應當代全球化消費社會中遮掩真實事件的擬象奇觀——的關鍵詞組似乎暴露出一眾劇評人詮釋上的分歧與斷裂：他的劇本究竟折射出何種意識形態、又延續著哪幾條創作與理論系譜？假如其寫作核心總圍繞著各種當代生命政治情境下的辯證切面——瘟疫與隔離、核災與倖存、殺人與行刑、迫害與和解、極權與反抗——劇評們又何以將之閱讀成「去政治」和「抽離現實」？若要更準確精細地理解〈日常之歌〉、〈解〉、〈在世紀末不可能發生的事〉和〈解離〉所構築的全景，或許可以取徑陳建成自身關於劇場理論的論述，繼而將這四部劇本置入其思想和經驗的演進脈絡、以及全球尺度的當代劇場系譜。

從取材 2003 年 SARS 疫情時期和平醫院封院事件的劇本〈清洗〉（後改名〈新天使〉）獲得 2010 年臺灣文學金典獎之後，陳建成一系列回應社會事件的創作獲獎不斷：回應福島核災的〈日常之歌〉、召喚白色恐怖創傷記憶的〈在世紀末不可能發生的事〉、鏡射新疆集中營與香港鎮壓的〈解離〉分別在 2014、2018 和 2020 年贏得臺北文學獎；反思秋葉原無差別殺人事件和臺南湯姆熊割喉案的〈解〉則收錄進《阮劇團 2014 劇本農場劇作選 II》，而北捷隨機殺人案亦發生在寫作同年的 5 月 21 日。多位劇評認為，這四齣戲雖然皆取樣自真實事件，劇中呈現事件的手法卻往往讓人有看霧中風景之感。然而，「〔陳建成劇本流露〕一種持距旁觀的文青心態」[8] 的詮釋卻引出一項值得深思的問題：劇作家是否真的「出於某種潔癖」而「小心剔除盡淨政治性的毛

[8] 林乃文。〈政治性淺弱的《日常之歌》〉。

毛稜稜，好為社會議題細心布置一個燈光美氣氛佳的無菌式展場」？[9] 又或者是劇評人對社會議題的搬演方式抱持著僵化期待，以至於武斷地排除了呈現政治性的另類可能？陳建成曾如此回應貼在自己身上的「文青」標籤：

> 評論者所期待的「非文青式語言」，可能是一種政治性的語言。或許他們期待更直接的、批判式的政治指涉或者是政治態度。又或者，他們習慣傳統政治劇場那樣，更為寫實地描繪出社會問題（也許階級的、性別的、或者其他面向）的呈現方式。一方面，劇評期待更加確切的描繪、把某種社會或政治的問題突顯出來，然後另外一方面，或許他們期待戲劇必須要帶著一種政治的立場，而這個立場必然是要是批判式的立場。也就是說，既定印象中的政治劇場通常有一個特定立場，企圖影響觀眾或者是帶領觀眾去思考。[10]

換言之，陳建成的劇本並非「剔除政治性」，而是讓細微的政治性在日常生活的脈絡之中閃現。如此冷靜克制的展演方式或許解釋了劇評人為何提出「持距旁觀」的批判，但**觀看**、**無視**與**遮掩**事件的抉擇差異就已顯露政治權力的運作機制。

我們不妨順著陳建成創作系譜的時間順序，先從〈日常之歌〉中**災難後勉力維持的日常**切入。劇中諸多看似無關緊要的日常瑣

---

9 同上。
10 陳建成與辜炳達。〈劇作家陳建成專訪：暴力與日常〉。《中華民國比較文學學會電子報》40（2022）：頁12。

事和言不及義的對話切片，都暗示了核災後的臺灣政府與媒體如何建構／屏蔽**真實**，亦隱約透露出倖存者對自身所處情境難以直視的陌異感：

> 時芬：音樂真好。（頓）你讓我想到之前在新聞上看到一篇報導。說是網路上有一段影片，一個媽媽唱歌給嬰兒聽，結果那個嬰兒居然感動得哭了。
>
> 子青：妳又沒哭。
>
> 時芬：不是，重點是那個嬰兒，他那麼小居然感覺得到。
>
> 子青：現在新聞怎麼都報這種沒營養的東西。
>
> 時芬：欸——你不覺得很溫馨嗎？
>
> 子青：（隨手拿起報紙）隨便一個新聞都比較真實一點。「最毒婦人心——母親親手掐死畸形兒未遂」。
>
> 時芬：（注意到什麼似地）畸形兒？

子青先是對轉載網路影片充數的垃圾新聞嗤之以鼻，卻又隨即不假思索地將「新聞」和「真實」連結為一。這段情侶閒聊乍看輕鬆，實則彰顯出當代人對媒體鄙視卻又依賴的認知失調症候，更揭露媒體製造「真實效應」的拼貼手法：將造成畸形兒的元凶「核災」排除在鏡頭之外，並把災後社會的焦慮與憤怒轉嫁到被特寫鏡頭窺視的殺嬰母親身上，濾除其行動背後幽微的無奈與愴慟，以陳腐的仇女套語「最毒婦人心」取消思考災難本質的可能。另一方面，子青隨機回應時芬的——或者換個角度說，編劇策略性展演兩人談論的——新聞話題直指他們內心潛臺詞中的想望（受孕）與恐懼（畸胎）。

類似的微妙後設趣味充滿〈日常之歌〉。事實上，當劇評批判〈日常之歌〉「合宜於不少中產市民和藝文菁英的審美觀點，在將政治性放入談話的同時也過濾掉其政治性」，[11] 顯然忽略了貫穿劇本的反諷：核災過後被政府棄置的母親認為政治與自己無關，透過拒斥自己是受害者的心理防衛機制——「我們都是有福報的人」——來維持生活一如往常的假象，甚至向子青抱怨時芬尋求賠償救濟的努力**扯上政治**：

> 子青：伯母妳剛剛說小芬最近在忙，她在忙什麼?
>
> 母親：連你也不知道？（頓）小芬——感覺她有點變了，我不是很喜歡。她沒有跟你講那個什麼聯盟還是組織的事情嗎？其實，說是說不知道，我自己是有在偷偷觀察，我也暗示她不要再做那些事情，那又不能賺什麼錢，而且還感覺跟政治有點關係，我們又不是當事人還是什麼的，那麼雞婆做什麼——我到現在還是搞不懂——

母親的語言和思考結構服膺著治理者的規訓——「你們都還活得好好的，還想要什麼特權」——而她之所以對時芬的行動感到不適，正是因為後者迫使她直視這句詭辯修辭的荒謬，並從自我催眠中覺醒：藉由將倖存者懸置在法律保障之外，其基本權利也就不復存在；罹難者已不可能為自己爭取權利，而倖存者則受困於迫近的死亡與當下的裸命狀態之間。某些劇評認為，災難後以翻

[11] 林乃文。〈政治性淺弱的《日常之歌》〉。

譯維生的時芬在回憶自身創傷時，帶著一種當代「文青」的腔調：「沒想到一年多的時間就可以讓一個人變成一張紙，變成好像用一張證明就可以證明自己。（尋找字眼）我有的時候——我最近——從之前開始——未來——我覺得——我不知道你可不可以瞭解——這種感覺——我覺得——未來正在——摧毀我——」。然而，劇評恐怕並未意識到，陳建成在建構角色對話時援引了真實核災倖存者的話語。時芬迷失時間向量的感受，其實參考了《車諾比的悲鳴》中的訪談文獻：「但是去車諾比很多次之後，我發現自己無能為力，所有事物開始瓦解，我的過去再也不能保護我，我找不到答案。以前有，現在沒有了。是未來在摧毀我，不是過去。」[12]

儘管發表於〈日常之歌〉之後，陳建成在談論英國左翼劇作家邦德（Edward Bond）的論文〈想像力、真實與主體性〉中，關於「真實」與「紀錄劇場」（documentary theatre）的討論揭櫫了他對再現政治（politics of representation）的縝密思考：

> 當代劇場對於真實再次追尋的過程當中，至少有兩種動力在運作：一種是宣告真實已死，另一種則是企圖建立新的真實。宣告真實已死，看似以後設的角度世故地置身事外，卻可能在拒絕對表象作出真假對錯價值判斷的同時，其實以憤世嫉俗的方式維持了既有的價值體系。另一方面，劇場對於「真實」的重新追尋中，不可避免仍會連結

[12] Alexievich, Svetlana. *Voices from Chernobyl: The Oral History of a Nuclear Disaster*, London: Dalkey Archives Press, 2005.（《車諾比的悲鳴》。方祖芳與郭成業譯。臺北：馥林文化，2011。頁44。）

> 到真相、在場（presence）、真理／實相等概念，而除了懷舊之外，問題在於該如何在真實的碎片中看待這些概念。[13]

顯而易見地，陳建成絕非高喊「真實已死」的犬儒主義信徒，但他又如何處理作為「真實碎片」的「檔案紀錄」呢？他所選擇的路徑類似於澤巴爾德（W. G. Sebald）召喚無法再現之災難記憶的褶曲敘事策略：

> 反覆描述各種近似於屏幕記憶的蒙太奇剪影，但總繞過創傷記憶本身，避免消費與二次傷害倖存者。災難的倖存者往往拒絕談論，甚至拒絕回憶，但是再輕盈的隻字片語都可能觸發創傷記憶，正如同劇中女兒時芬說「捧花」，母親卻誤聽為「爆發」。……語言便是記憶的載體，而〈日常之歌〉的戲劇語言不斷逼近「可言說」和「可再現」的最低限度，蜿蜒環繞著劇中人的創傷記憶。[14]

如同他在論文中引述德希達（Jacques Derrida）的檔案「魂在論」（hauntology）——「檔案的結構是鬼魂式的，……是指涉到我們眼神永遠無法交會的另一者的一種痕跡」[15] ——陳建成在利用檔案文獻重建虛構戲劇場景時，清楚意識到**角色／演員說出文獻中紀錄的語料**並不等同於**再現真實**，但劇場可以作為一種召喚儀

---

13 陳建成。〈想像力、真實與主體性〉。頁126。

14 辜炳達。〈倖存者絮語：《日常之歌》〉。《表演藝術評論台》。

15 Derrida, Jacques. *Archive Fever: A Freudian Impression*. Trans. Eric Prenowitz. Chicago: The University of Chicago Press, 1996. p. 84.

式，讓被執政者主流論述袪魅隔絕於大眾記憶之外的歷史幽靈再次「魂在」。觀劇者在與逝者語言同步的過程中，與個人經驗共振的「刺點」（punctum）將會從歷史檔案的「知面」（studium）閃現而出。

延續〈日常之歌〉融合檔案文獻構劇的創作方法，圍繞著無差別殺人前夕日常生活的〈解〉，採樣拼貼加藤智大犯案前的網路留言板言論及2012年出版的《解》。陳建成毫不閃躲地將主角命名為「小智」，更讓他幾乎一字不改地輸入／說出加藤智大自我嫌惡的留言：

> 智：如果滿分一百分的話臉只有零分身高167體重57皮膚爛掉頭髮爛掉外型爛掉平常會遇到的朋友是零平常會說話的人是零自己喜歡自己的地方是零自己討厭自己的地方全部最近關心的東西是零能夠贏別人的地方是零[16]

[16] 加藤智大。〈秋葉原通り魔事件掲示板書き込み5月19日〉。《閾ペディアことのは》。日文原文如下：
顔のレベル　0/100
身長…167
体重…57
歳…26
肌の状態…最悪
髪の状態…最悪
輪郭…最悪
普段会う人の人数…0
普段話す人の人数…0
自分の好きな所…無し
自分の嫌いな所…全て
最近気を使っていること…無し
これだけは他人に負けられないこと…無し

假如劇評認為〈解〉充滿「詩化的臺詞」與「晦澀難懂的內心獨白」，[17] 所謂的「詩意」和「晦澀」文字皆轉譯自加藤智大的真實鍵盤言論。如此大範圍對無差別殺人者進行文字採樣顯然頗具爭議，陳建成的創作邏輯與理論依據為何？

「紀錄劇場」其命名來自六八學運時期德國劇作家懷斯（Peter Weiss）提出的「Das dokumentarische Theater」，而其先驅更可回溯到布萊希特（Bertolt Brecht）和皮斯卡托（Erwin Piscator）創立的史詩劇場。皮斯卡托認為戲劇應該建立在忠於事實的素材上：「表演就是戰爭和革命中真實言論、文章、新聞剪報、口號、傳單、相片和影片的巨大蒙太奇拼貼」，[18] 因為他相信戲劇製作最大的衝擊力道源自於歷史的真實性。儘管開啟了辯證真實與虛構的另類可能性，紀錄劇場挪用真實素材構劇的手法卻也被批評為剽竊他人經驗、敘事雜亂無章、違反再現倫理。然而如前文所述，陳建成深諳作為事件殘餘印跡的檔案文獻總已經與真實的瞬間產生斷裂，並未將〈解〉定位為紀錄劇場，亦未宣稱此劇如實再現了無差別殺人者的心靈。

相反地，〈解〉透過拼貼採樣加藤智大的真實話語，來顯露其話語本身亦可置放在資本主義社會中各色**生產過剩的語言俗套**下來理解：心靈成長雞湯、直銷大會演講、網路鄉民爛哏、日本動漫對白……。假如思想意識被語言所結構，那麼〈解〉勾勒出一幅令人戰慄的圖像——小智／加藤智大表達內心寂寞、挫敗與憤怒的語言皆指向日本席捲全球的動畫《新世紀エヴァンゲリオン》，而同樣的語言**增熵**也在劇中留言板上的匿名用戶社群之中堆積：

[17] 林子策。〈巨大卻失焦的投問：《解》〉。
[18] Piscator, Erwin. *Das Politische Theatre*. Berlin: Adalbert Schultz Verlag, 1929. p. 65.

E：人類最初想要回到樂園但是

F：後來卻想變成神

B：資本主義也是某個補完計畫

D：資本主義確實可以神格化某些人。人類的悲哀就是

A：想變成神

C：排擠別人

D：才是王道

E：我們又何嘗不是在公司把老闆的對手當做敵人全力衝刺

D：犧牲的卻是無辜的我們

B：每次看到綾波零都會想哭不知道為什麼

F：這個世界不管在什麼時候都讓我們想起

B：可不可以不要再有福音戰士的故事可不可以

加藤智大著迷於《新世紀エヴァンゲリオン》的「人類補完計畫」陰謀論：讓全人類形體破裂融合為一片血紅海洋，就再也不會感到從徬徨少年變成失敗大人的孤獨與痛苦。〈解〉中小智不斷複誦的「我不是你的魁儡」，正是動畫裡躁鬱自閉少年碇真嗣亡母的複製人綾波零決定反叛父親／丈夫碇源堂、與戀人／兒子碇真嗣協力揭開毀滅人類行動序幕前所吐出的關鍵臺詞。透過全球化的媒體傳播，如此晦暗怪誕的通俗佛洛伊德狂想被販售給無數迷惘的人們，每個人心中最私密的孤獨與暴力弔詭地被大眾流行文化同步諧振，化約成回聲般的重複臺詞：「我不是你的魁儡」、「沒有人需要我，所有人都應該去死」、「我在不在這裡也對別人沒有影響，什麼都不會改變，所以所有人都應該去死」、「其實世

界沒有了我會更好，所以我也應該去死」。[19]

在風格強烈且語言形式多樣的〈解〉之後，〈在世紀末不可能發生的事〉（以下簡稱〈世紀末〉）似乎回歸〈日常之歌〉般更為壓抑內斂的書寫。然而，〈世紀末〉的思考核心銜接了〈解〉對於暴力以及殺戮的審視：〈解〉透過對小智的家庭、職場、網路等現實和虛擬空間進行活體切片，嘗試拼湊出平庸而正常的個體犯下殘酷罪行的隱微成因；〈世紀末〉則是並置對照黨國恐怖統治**形式上**結束後，未被究責的加害者（蘇父）、心智毀壞的受害者（黃父），及其未親身經歷恐怖體制的下一代（蘇彥博／黃心怡）如何回應歷史與記憶的幽靈，又如何迎接一個看似充滿希望卻又掩蓋血腥罪行的新時代。劇名中的謎題「不可能發生的事」所指為何？陳建成從二十一世紀初回望二十世紀末即將透過選舉汰換國民黨的臺灣，在敘事的鏡框邊緣依稀透露出許多看似不可能發生的事都已在此發生：國民黨獨裁統治的結束、直接民主的驟然降臨、全球性消費文化的全面進駐——「臺北真的變了好多……臺灣也是。二、三十年前哪能想像有什麼總統選舉，把臺灣變成……」。那麼，陳建成所暗示的不可能發生、也確實尚未發生的事究竟為何？

又一次地，陳建成意義敞開的劇本如催眠術般召喚出觀劇者無意識中潛藏的慾望結構。有劇評在〈世紀末〉中看到的是「通俗劇式的轉型正義」、重彈新自由主義全球化之下「自由選擇」、「眾聲喧嘩」與「弱勢抬頭」等「政治正確」的主旋律。[20] 此處

---

[19] 庵野秀明。《新世紀エヴァンゲリオン劇場版Air／まごころを、君に》。東京：GAINAX，1997。

[20] 許仁豪。〈通俗劇式的轉型正義？《在世紀末不可能發生的事》〉。《表演藝術評論台》。

關鍵的問題是：為何當前臺灣自由選擇、眾聲喧嘩與弱勢抬頭的新趨勢會令某些群體感到不適，甚至在享受民主自由的同時，不忘犬儒地譏之為歐美資本主義霸權下「政治正確」的意識形態呢？在過去服膺黨國一元專制與裙帶結構的既得利益者和加害人尚未被究責，甚至獨裁者非婚生子嗣依舊假**父之名**輕鬆贏得選舉的當下，「轉型正義」顯然尚未進入社會主流意識，何來「政治正確」之說？

劇中賦予各角色的獨立觀點經常被誤讀為陳建成本人的意識形態。劇評質疑：「在演出當中，不論本省外省、壓迫者或是被壓迫者、藍或綠、老或少，都把美國當成是某種想像的自由民主應許之地，不正是被遮蔽的冷戰『地緣政治』病徵式的反覆浮現？」[21] 令人玩味地，劇評似乎看不見（或選擇不看見）一則淺而易見的潛文本訊息：〈世紀末〉意欲揭露的，正是二十一世紀之交政治體制雖已解嚴，人民的思想卻仍被冷戰架構下吸取**麥卡錫主義**美國奶水的國民黨**反共神話**規訓，深信**自由中國**是美國的盟友、西太平洋第一島鏈的**民主燈塔**。被美軍空襲轟炸的臺灣人之所以在日本戰敗**回歸祖國**之後彷彿認知錯亂地集體作起美國夢，難道不是黨國權貴慾望結構的延伸？〈世紀末〉彰顯出美國夢是去不了美國的人（曾考慮啟程但因涉入政治而被捕的黃父，以及「明明筆試就很高分……面試分數卻……」的心怡）在作的，而解嚴前後想去就去的人（迫害人權但美國不在乎的蘇父及其家眷）沒有作夢的必要：

---

[21] 出處同上。

蘇母：真是奇妙，好像每個在臺灣的人都有一個美國夢？
　　　從我們年輕的時候就是這樣——

蘇父：哪有每個人都想去美國？像我就沒有。

蘇母：畢竟你是要表現自己的忠黨愛國，不過對於自己的
　　　小孩倒是巴不得一出生就把他們送出去。

蘇父：彥均出國那天妳還記得吧？時間過得真快。

蘇母：是啊，好像才一眨眼，就要下一個世紀了。

從此刻回望過去，作美國夢可能顯得荒謬：槍枝暴力氾濫、種族問題無解、貧富差距極大、意識形態分裂的美國有什麼好？許多美國夢醒的人改作起中國夢：「美國汽車產業正在下滑，未來的機會還是在大陸」。儘管美國夢已然褪色，冷戰政治宣傳的精神分裂幽靈仍糾纏著世界，並且正以一張似曾相識的臉顯靈。當（一國兩制下的香港人戲稱之）「左膠」（leftard）和「大中華膠」嘲諷他人看不清以美國為首的西方霸權只是以民主之名延續殖民資本主義的同時，卻選擇忽視中國「共產主義」的左翼面具底下是一隻法西斯主義和裙帶資本主義的混種怪物。「世紀末不可能發生的事」正指向兩股意識形態拉扯下的分裂臺灣尚未誕生的共識主體。

延續上述的認知分裂脈絡，〈世紀末〉中最「不可能發生的事」，恐怕是**正確而不政確地**理解白色恐怖受難者的精神世界。劇中黃父精神崩潰、語言錯亂的設定，被質疑為巧妙逃避處理創傷記憶的核心，但這樣的角色設定提供多條思考路徑。首先，儘管陳建成指出黃父並未指涉特定歷史人物，多位劇評皆認為其原型指向「中國青年自覺運動推行會」的領袖、在獄中遭刑求而思

覺失調的許席圖，並因此質疑劇本將許席圖的**大中國認同**調換為黃父的**臺獨立場**不僅是一種流於扁平的刻板操作，更是蓄意迴避**外省人、認同中國者，以及共產黨員亦在白色恐怖中受難**的歷史真實。然而，我們亦可以順著類似邏輯去歷史脈絡地粗暴反問：國民黨過去以反共之名囚禁屠殺，何以今日頻向中共投懷送抱？（蘇父：「哈哈哈，不要用這種政治正確的用語來簡化問題。當年環境是戒嚴時期的軍法，你用現在的標準來看我，物換星移，這是不公平的。」）同樣的名詞在不同的歷史瞬間必然會產生語意上的滑動，且對**朕即是法／朕高於法**的獨裁者而言，資本民主／共產愛民皆只是意義缺席的浮動口號。此外，〈世紀末〉的政治意識光譜並非封閉的二元對立——心怡對父親的創傷記憶本能性地拒斥，反而是彥博樂於和黃父暢談「三民主義」和「國父思想」：

心怡：沒事。（頓）不過最近你來的時候，你跟我爸都在他的書房裡講些什麼啊？看他好像很喜歡跟你講話。

彥博：他會問我有沒有讀過三民主義。

心怡：三民主義！你認真的嗎？

彥博：真的啦，騙妳幹嘛？

心怡：還有呢？

彥博：還有國父思想……噢，他上次還問我認不認識那個……般什麼……

心怡：般什麼？

彥博：我不知道啊，所以你爸就跟我說了一長串東西……

妳那麼有興趣下次也一起進來啊。

心怡：（立刻反應）我不要。

劇本並未透露黃父的談話內容，故無從窺視他對「三民主義」和「國父思想」的具體想法，但我們似乎可以推測他在涉獵殷海光等異議分子的理論同時，仍對**中華民國**的理論基礎頗感興味。對照黃父，在總統大選過後，蘇父亦半開玩笑地透露黃母和他本人的投票選擇：

蘇父：（想到什麼似地）心怡的媽媽是很標準的臺灣人。

蘇母：你是說哪種？

蘇父：（思考如何用字）溫柔敦厚的那種。（頓）但是她沒有投陳水扁。

（兩人笑出聲。）

蘇父：然後我只差沒說我投給陳水扁。

當然，黃母和蘇父的說詞不見得為真，但這些微小的瞬間皆讓角色內心變得更為深邃。蘇母緊接著回憶起蘇父擔任法官時的兩件插曲：

蘇母：那個時候，我記得你說你都會叫那些人好好保重身體，出來才可以重新生活……

蘇父：妳在說什麼時候？

蘇母：當然是你以前在法院工作的時候，不然是什麼時候？（頓）你還記得有一次你提到同事被上面點名要調查，說是判決結果跟預想的不一樣什麼的。那時候你說得好像就發生在你身上，那個驚慌的表情我現在都還記得。

蘇父要受審的政治犯「好好保重」是出於真心或是故作憐憫不得而知，而他向蘇母提及判決忤逆上意時的驚駭，也或許暗示那遠不只是「好像就發生在你身上」。同樣引人注意的是蘇父主動提醒黃母申請不當審判補償：

蘇父：嗯……不過世界真的變化得很快，感覺新的時代要到了，一切都特別浮動。（頓。想到什麼似地）話說前陣子還被找去補償基金會幫忙。妳應該有申請吧？要是沒有的話，我也可以幫忙。

黃母：申請什麼？

蘇父：妳不知道嗎？不當審判補償基金會。

黃母：我還沒注意到……

蘇父：（笑）幸好今天妳有找我出來，不然就……總之，妳要是覺得狀況符合資格，可以去申請看看，好歹是一筆錢。

再一次，蘇父的意圖可以作多重解讀（就隨後劇情發展看來，黃母並不領情），但陳建成顯然並無意將他塑造成純粹邪惡的反派。

在〈世紀末〉，無論是心智毀壞的黃父，或是言詞閃爍的蘇父，皆無法描述過去。前者陷入混亂妄想：「我不能說，我出來的時候已經保證過不能說」，而後者則是用不斷複誦佛教套語逃避罪孽：「一切都是業力因果，諸法無相，諸行無常」。這樣的構劇手法一方面反映常人回憶創傷時的真實心理防衛機制，另一方面亦是承認再現的極限，**在面對不可言說之物時保持沉默**。追根究柢，**再現他人的創傷記憶**始終存在著巨大的倫理風險。英國左翼劇作家邦德（陳建成在倫敦大學博士論文的研究主題）構劇的核心議題延續著阿多諾（Theodor W. Adorno）的著名格言「在奧許維茲之後，寫詩是野蠻的」，並思考以戲劇回應極端情境的方法。邦德在 1983 年訪問義大利帕勒摩大學（Palermo University）時進行了日後被稱「帕勒摩即興」（Palermo improvisation）的工作坊：

> 工作坊的內容是要求學生扮演士兵，並接受指令回到家鄉去殺一個小孩，而這個士兵有兩個選擇：一個是殺了自家的小孩，另一個則是鄰居家的小孩。邦德要求學生回去思考，隔天進行即興演出，為了讓即興過程完整，邦德在即興練習時，要求學生完整表演士兵從接收指令到殺人的過程。原本邦德認為學生們應該會選擇殺死鄰居家的小孩，出乎意料，參與即興的學生卻都選擇殺死自家的小孩。[22]

邦德在帕勒摩即興後又補述了一則彷彿即興之變奏的二戰軼事：

> 1942年在一個俄國的納粹戰俘營中，有位被新帶入的戰俘是其中一位納粹士兵的共產黨兄弟，納粹士兵的長官命令

[22] Bond, Edward. *Plays 6*. London: Methuen, 1998. p. 248-24. 轉述自陳建成。〈想像力、真實與主體性〉。頁118。

他射殺他的共產黨兄弟，但是那位納粹士兵拒絕了這道命令，長官威脅士兵說如果他不射殺他兄弟的話，那麼兩個人都必須死，最終納粹士兵還是無法下手，而長官就把這對兄弟都殺了。[23]

儘管沒有殺人／被殺二擇一如此極端，但就某種程度而言，〈世紀末〉亦是由一連串帕勒摩即興的延伸變奏構成。變奏一：黨國高層命令你將嫌犯定罪，否則入獄的就是你，你會怎麼做？變奏二：交往多年後，你發現戀人的父親（可能）就是當年迫害你父親的人，你會怎麼做？變奏三：某一天，你驚覺吃齋念佛的父親過去是威權結構的一分子，你會怎麼做？〈世紀末〉劇中人做出的決定可能不會讓每個人都滿意，但每個人也都應該思考以下的真實情境：

變奏四：如果有一個獨裁政黨在你出生前，曾經和德國納粹黨一樣殺害了你無數的同胞，但這個政黨失勢後不但沒被審判，甚至還可以贏得選舉重新掌權，你會怎麼做？

邏輯清晰的讀者可能立刻看出端倪並質疑：這是「不可能發生的事」，為何要投票給它？上述疑問延伸出

變奏五：它在選舉時不斷威脅你，如果不能重新掌權，它就會合謀過去掌權時的敵國——而該敵國正是多年前它拿

[23] 出處同上。

來殺你同胞的藉口——來殺掉你。你會怎麼做？

這一系列帕勒摩即興變奏引導陳建成將凝視歷史之眼轉向未來。〈解離〉描述「一座城市」中一系列「可以發生在現在，也可以發生在未來」的事件。彷彿〈世紀末〉風格迥異的續集一般，〈解離〉令人不安的潛標題似乎是**在（二十一）世紀初可能發生的事**：「相對寫實的〈世紀末〉回顧二十世紀末臺灣即將轉型成民主國家的關鍵時刻及其背負的白色恐怖幽靈，而風格強烈、面貌抽象（儘管劇中的小巨蛋捷運站和龍山寺讓人無法不聯想到臺北）的〈解離〉則是描繪臺灣被中共同化的極權未來。」[24] 陳建成在訪談中分析揭露劇名和劇本結構的設計概念：

> 劇名讓人聯想到精神醫學上的「解離症」，也呼應劇本的裂解的時間結構：遠方的現在和此處的未來彼此折射，劇中時間可以是角色真實／妄想的現在／未來。[25]

劇本中的諸多元素折射出「直面劇場」（In-Yer-Face Theatre）劇作家肯恩（Sarah Kane）的《驚爆》（*Blasted*）與《滌淨》（*Cleansed*）。《驚爆》中的里茲（Leeds）旅館房間和戰場空間融合為一，而對待業女子凱特施加性暴力的八卦記者伊恩也承受著軍隊的戰爭暴力。陳建成認為「《驚爆》捕捉到歐洲人當時的感覺結構」：「1992 年爆發的波士尼亞戰爭，讓歐洲人驚覺日常生活和戰爭的距離遠比想像中的接近。肯恩把這樣的驚異感轉化

---

24 陳建成與辜炳達。〈暴力與日常〉。頁8。
25 出處同上。頁5。

成為她劇本的形式：旅館中男女的日常生活表象看似和平，實則隨時會被入侵的士兵打破。」[26]《驚爆》中虛實交錯的空間結構在〈解離〉中被進一步擴張：劇中的廣告攝影棚、看守所、女子家和精神診所房間彼此疊合，而發生在這些空間中的短景，其連結邏輯類似《滌淨》在現實、夢境與妄想間的快速切換，正如同第六場的「樣品屋」宣傳拍攝現場清楚展演：

> 導演：好，現在從上面一個段落直接接到下一個段落試試看。
>
> 女子：（準備就緒）世界上最簡單的幸福叫陪伴，孩子、牽手、家人，每一刻與摯愛共度的美好時刻，串成的甜甜蜜蜜叫人生，有溫度的感情親情在這裡的每一處角落，上演一幕幕家的風景……其實我想說的是……
>
> （以下這一個段落在呈現上也可以錄音呈現，與女子的其他臺詞並置出現。）
>
> 其實我想說的是，這當然是一座監獄，你不能逃跑，這裡沒有自由。到處都有監視器，所有的浴室都裝了監視器，我們一直被守衛監看著。你不能任意移動。你只能在他們叫你坐下的時候坐下，叫你睡覺的時候睡覺。每個人有兩分鐘的上廁所時間，

26 出處同上。頁16。

如果你不夠快，他們就用電棍打你的後腦勺，非常痛，他們會打很多次。但是在被打之後，我們還要說：「謝謝老師，我們下次不會這麼慢了。」有的時候我會哭得很厲害，我想念我的家。

You will always be her first love。結束一天的空中航程，今天，你和你的小公主有個約會，她穿著小洋裝，臉上洋溢著滿滿的微笑，蹦蹦跳跳著就像是自由自在的小白鴿，飛過無數的風景。長大之後，她會記得和爸爸的第一次約會，就在屬於你們的幸福城堡裡！（頓）這樣接起來可以嗎？……人呢？導演？

（女子發現導演已經消失。此時男子從後面出現，用一個黑色頭套把她套住。）

女子的分裂話語混雜了「上面的人」指派的**美麗新世界**共和國語言：「世界上最簡單的幸福叫陪伴……甜甜蜜蜜叫人生……屬於你們的幸福城堡裡」與脫稿演出的恐怖自白：「這當然是一座監獄，你不能逃跑，這裡沒有自由。到處都有監視器，所有的浴室都裝了監視器……」。女子獨白演出在男子突襲綁架中戛然而止，而男子在第七場「看守所」和第九場「女子家」中快速在**刑求者／同居者**的雙重身分之間切換。連結兩場短景的第八場診所「房間」也令人懷疑醫生是否亦是男子的同謀，但她和女子的對話似乎又暗示著各短景中時間的非線性跳躍。

女子對醫生說：「妳很好。（頓）但是這對我來說不像是一種治療。因為我沒有問題。」醫生則回覆：「也許就像妳說的，可能現在真的一切都沒有問題，我們也不用再去想過去的事情。（頓）所以妳才應該去想像未來。」然而，弟弟（的鬼魂）不斷現身，提醒著女子不要忘記過去發生的事，也不要忘記她曾經會說的語言。女子無意識中說出的語言——「Sace mayam nayanehi olokeyyama passeyyama loke rupani（『如果我們用眼睛看的話，我們會看見世界很多的事物。』）……」——引發男子暴怒：「安靜。（頓）安靜。（頓）不要說那種話，給我閉嘴。」在舊版的〈解離〉中，女子和弟弟說的是「融合拉脫維亞、中歐、北歐國家的語言」，[27] 而陳建成在最新版本中將之置換成（藏族和維吾爾族並不使用的）巴利語：「學習陌生語言對於某些人來說，可能是一種離開當下生活的方式、可能開啟另外一個世界。所以學習語言跟極權的社會狀態之間是有一層微妙關係的。」[28] 女子被禁說巴利語的設定指向中共新疆集中營——官方稱之為「教育轉化培訓中心」——的語言政策：抹除一個群體的語言便可剝奪其認同與記憶。

陳建成在〈解離〉中展現了前三部劇本所未見的直接強烈的戲劇語言；多處舞臺指示——（用手壓迫女子的雙頰，強迫她開口）、（女子果斷地摔爛觀音菩薩的手）、（女子用叉子戳進男子的眼睛）——閃現肯恩式直面劇場赤裸暴力的瞬間，儘管很快又恢復他冷靜節制的風格。陳建成曾說：「我並不反對在舞臺上露骨地呈現暴力，前提是這樣的呈現有其必要」；[29] 他在〈解離〉

---

27 于善祿等。〈舞臺劇本決審會議紀錄〉。《第二十二屆臺北文學獎得獎作品集．舞臺劇本》。臺北：臺北市政府文化局，2020。頁376。

28 陳建成與辜炳達。〈暴力與日常〉。頁10。

29 出處同上。頁17。

中所釋放的暴力似乎對觀眾吶喊：集中營遠不只是遙遠的歷史事件，而是「長時間延續的一種結構性政治狀態。在這個當下，主流媒體可能更關注別的事件（其中當然也包括更為殘暴的俄羅斯侵烏戰爭），但我們看不見不代表它消失了。只要結構性的條件沒有改變，具體的暴力行為就隨時可能朝日常生活撲面而來」！[30]

從〈日常之歌〉到〈解離〉的四部劇作展示了陳建成取徑由契訶夫到邦德的左翼劇場理論來處理臺灣社會議題的創作系譜。若順著邦德的邏輯，**左翼政治**是一種對抗壓迫結構的基進反抗精神，這也意味著服膺**名義上的**共產政權意識形態事實上是一種反動的僵化思想結構，而非真正左翼精神的實踐。另一方面，處理臺灣社會議題亦不代表視野的封閉；如他本人所言，

> 九零年代以降，當冷戰結束、柏林圍牆倒塌、進入全球化社會之後，「政治」的意義開始慢慢產生轉變。全球化之前，政治跟國家幾乎是等同的：當討論政治的時候，劇作家的預設就是「討論本國的政治」。然而，因為全球化的影響，在二十世紀末之後，討論政治經濟結構不能再被單一國家侷限住。劇中角色所面臨的可能是全球性的問題：可能是在跨國企業上班，或者面對的政治勢力是歐盟等更高層級的跨國的政治結構。這樣的趨勢使得當代的劇作家無法把戲劇焦點集中在本國政治場景，畢竟很難去界定要談論的政治結構到底長什麼樣子。[31]

---

[30] 出處同上。頁18-19。
[31] 出處同上。頁14。

然而，正因為當代政治無孔不入地滲透進日常生活的每個細微面向，陳建成勢必得尋求一種能夠反映當代情境的戲劇語言。他取材自核災倖存者、無差別殺人者、政治受難者真實語言的構劇策略召喚著班雅明的歷史天使：在被名為進步的風暴颳向他所背對的未知未來時，他試著拾起災難廢墟中埋藏的語言碎片。

新美學69　PH0280

新銳文創
INDEPENDENT & UNIQUE

日常之歌：
陳建成劇本集

作　　者　陳建成
責任編輯　尹懷君
圖文排版　黃莉珊
封面設計　王嵩賀

出版策劃　新銳文創
發 行 人　宋政坤
法律顧問　毛國樑　律師
製作發行　秀威資訊科技股份有限公司
114 台北市內湖區瑞光路76巷65號1樓
電話：+886-2-2796-3638　傳真：+886-2-2796-1377
服務信箱：service@showwe.com.tw
http://www.showwe.com.tw
郵政劃撥　19563868　戶名：秀威資訊科技股份有限公司
展售門市　國家書店【松江門市】
104 台北市中山區松江路209號1樓
電話：+886-2-2518-0207　傳真：+886-2-2518-0778
網路訂購　秀威網路書店：https://store.showwe.tw
國家網路書店：https://www.govbooks.com.tw

出版日期　2023年5月　BOD一版
定　　價　420元
本書由國家文化藝術基金會補助出版

讀者回函卡

Printed in Taiwan

國家圖書館出版品預行編目

日常之歌：陳建成劇本集 / 陳建成著. -- 一版.
-- 臺北市：新銳文創, 2023.05
面； 公分. -- (新美學；69)
BOD版
ISBN 978-626-7128-99-2(平裝)

863.54 112005751